連続殺人鬼カエル男
完結編

宝島社

Nakayama Shichiri

KAERU-OTOKO FINAL

KAERU-OTOKO FINAL ★ CONTENTS

KAERU-OTOKO FINAL ★ CONTENTS

連続殺人鬼カエル男　完結編

一　引き摺る

1

六月十四日、午後十一時二十分、蓮田サービスエリア。

堤見は食堂でラーメン定食を掻き込むと、しばらくテーブルに座って足を投げ出した。今から大阪まで走ることを考えれば、ここでいったん休憩を取っておいた方がいい。

今日で四連勤になる。長距離ドライバーのベテランとは言え、今年で六十歳の堤見にとって四連勤はさすがに堪える。体調を万全にしておくために、休める時には徹底的に休んだ方がいい。

先月も過重労働ではないかと冗談交じりに訴えてみたが、会社の配車係は「人手不足が解消されない限り、今のシフトを継続するしかない」と半ば吐き捨てるように答えた。長時間労働と低賃金の職場には、ただでさえ少ない若い労働者は決して近寄ろうとしない。かくて堤見のような高齢者ドライバーが連夜でハンドルを握る羽目となる。

本音を言えばとっとと辞めたいところだが、家には古女房と息子が口を開けて待っている。息子ももうすぐ四十でいい歳だが就職氷河期世代とかを理由に、未だにまともな稼ぎもなく親の脛を齧っている。あの様子では、まだしばらく親が食わせてやらねばならないだろう。

考えても憂鬱になるばかりだ。考えるのが億劫になった時は身体を動かすに限る。堤見はのろのろと椅子から立ち上がり駐車場へ戻る。

深夜のサービスエリアには一般車よりもトラックや長距離バスが目立つ。何やらお仲間がいるようで、堤見はこの景色が嫌いではない。

さて行くか。

運転席に乗り込んでイグニッションを回すと、トラックは低い唸り声を上げた。眠気覚ましのラジオをつけてサービスエリアを出る。

深夜帯の高速道路は一般車が少ない分、運転が楽だ。だが時折、法定速度を無視するバイクが現れるので油断できない。堤見は軽くハンドルを握りながら集中力は切らさずに運転を続ける。

だが十五分も走っていると違和感を覚えた。

ずっと同じトラックを転がしているとタイヤの拾う道路状況が手に取るように分かってくる。高速道路は丁寧な舗装がされているので、一般道よりも凸凹がなく障害物もないはずだ。だが先ほどからハンドルや座席には何かを引き摺るような感触と、そしてわずかながら不規則な音が届いている。

ずずいっ。

ずずいっ。

ずずいっ。

バックミラーやドアミラーで後方を覗いてみるが、何も不審なものは映っていない。いくら舗装が行き届いていても、時折り道路には積荷の一部やゴミが散乱している時がある。だが、そういう類の物体が見当たらないにも拘わらず、相変わらず音は途切れなく続く。

ずずいっ。

ずずいっ。

ずずいっ。

次第に堤見は落ち着かなくなってきたので、ハザードランプを点灯させて車体を路肩に停めた。懐中電灯を携えて車外に出た途端、異臭が鼻を衝いた。

何かの焦げる臭い。それも紙やプラスチックではない。嗅げば臓腑が拒否反応を起こすような刺激臭だ。

落下物を引き摺りでもしたのかとトラックの周囲を巡ってみたが、それらしきものはどこにもない。何気なく車体の下を照らした時、一瞬呼吸を忘れた。

トラックの真下、シャフトから全長一メートル半ほどの物体がロープで繋がっている。先刻までの音はこの物体を引き摺っている音だったのだ。

全体が丸焼けのようになり、包んでいた布が引き千切れて中身が露出し、露出した部分も皮膚が剝けて黒く焦げている。

人間の身体のようだった。

堤見は懐中電灯を持ったまま、へなへなとその場に座り込んだ。

堤見の一報を受けて埼玉県警本部高速道路交通警察隊が現場に到着した。

シャフトから切り離された死体を見た途端、居並ぶ捜査員たちは一斉に言葉にならない呻き声を上げた。着衣のまま何キロメートルと引き摺られた身体は摩擦熱で黒焦げになり、度重なる打撲で通常では有り得ないかたちに歪んでいる。

「あなたがやったんじゃないんだよな」

疑わしそうに尋ねられ、堤見は慌てて首を横に振った。

「会社のトラックで人を引き摺り回すなんて真似、誰も思いつきませんよ」

「でしょうね。異変を感じたのはいつ頃からですか」

「蓮田サービスエリアを出た直後です」

「ここまでざっと四十キロ、その間延々時速百キロで引き摺られたという訳か」

捜査員は黒焦げ死体を、うんざりしたように一瞥する。

「死体が擦り切れなかっただけでも運がよかったのかもしれん」

一方、着衣の方はほとんど擦り切れていて原型を留めないため、身分証明書やスマートフォンといった死体の素性を確認するものも道路上に散逸している模様だった。蓮田サービスエリアまでの四十キロを手分けして探し回る捜査員たちの苦労を思い、堤見は同情の念を禁じ得ない。

　いや、それよりは何の因果で自分の運転するトラックがこんな代物を引き摺る羽目になったかだ。事情聴取に数時間、車体を調べるのは更に数時間、荷物を積んだトラックは足止めを食うことになる。会社に連絡したところ、すぐに代車を用意してこちらに向かわせると言われたが、無論遅延による損害は会社側が負担する訳だ。

　同行した検視官は被害者を成人男性、死因を外傷性ショックによるものと推測、庶務担当管理官は状況から事件性ありと判断し、捜査一課に出動を要請した。

　担当が替わっても同じ質問をされるかもしれません。捜査員からそう説明を受けた時だった。

「おい、これを見ろ」

　トラックの下に潜り込んでシャフト辺りを調べていた捜査員が声を上げた。その声に数人の捜査員が集まる。声を上げた当人はＡ４サイズの紙片を携えて這(は)い出てきた。

「シャフトに、両面テープで貼り付けてあった」

　差し出された紙片に皆の視線が集まる。小学校低学年のような拙(つたな)い文字で、こんな文章が認(したた)められていた。


　きょう、かえるをつかまえたよ。

　とびはねるのがはやくて、つかまえるのがとてもむずかしかった。

じてんしゃとどっちがはやいのかな。じてんしゃにくくりつけてきょうそうしてみよう。

ふと堤見はその場の妙な雰囲気に気がついた。

居並ぶ捜査員たちは、この世で一番見たくないものを見せられたような表情を浮かべていた。

＊

有働さゆりはどこに潜んでいるのか。

ここ数カ月、古手川和也の関心はもっぱらその一点だった。無論、他の事件を抱えている時は当該の捜査に駆け回っているが、ふと緊張の糸が解けた際に浮かぶのはさゆりの顔だ。

有働さゆりとの因縁は数年前に遡る。埼玉県飯能市で発生した連続猟奇殺人事件。その関係者がさゆりだった。事件が終結した後、彼女は八王子医療刑務所に収容されたものの、ある事件をきっかけに脱走してしまった。その後は各地を転々としていたらしいが、ＪＲ山手線で目撃されたのを最後に再び消息を絶っていたのだ。

古手川がさゆりに抱いている感情は説明が困難だ。恋愛感情でないのは確かだが、母親に対する思慕でもない。精神を病んだ者への同情でもなければ、犯罪者への共感でもない。強いて言えば自分に音楽の素晴らしさを教えてくれた者への恩義なのかもしれないが、断言するのも躊躇われる。

　喉に刺さった小骨と片付けるにはあまりに大きな存在だった。解消するには、再びさゆりを捕縛して対峙するしかない。だが相手の行方が杳として知れないのではどうしようもない。

　久しぶりに有働さゆりの動向らしきものを耳にしたのは、ちょうどそんな時だった。

「現れたかもしれん」

　古手川を呼びつけた渡瀬はいつにも増して不機嫌な顔をしていた。

「何が現れたんですか」

　訝しむ古手川の眼前にＡ４サイズの紙片が突き出される。


　きょう、かえるをつかまえたよ。

　とびはねるのがはやくて、つかまえるのがとてもむずかしかった。

　じてんしゃとどっちがはやいのかな。じてんしゃにくくりつけてきょうそうしてみよう。


　文章以前に、拙い筆跡に猛烈な既視感があった。

「昨夜、蓮田サービスエリアを出た長距離トラックの運ちゃんから通報があった。高速警察隊が駆けつけてみると、延々四十キロも引き摺られてぼろ雑巾のようになった死体と、その文面の紙片が残されていた」

『じてんしゃにくくりつけてきょうそうしてみよう』というのは、そういう意味か。

「死体の身元は」

「手足を拘束されたまま百キロ近いスピードでアスファルトの上を引き摺られたらどうなるか。着衣はほとんど焼け千切れ、肉体は無数の打撲でヒトのかたちをしていない。鼻、耳、唇は摩擦熱で擦り切れて人相なんぞ分かりゃしねえ。身分証明書でもあれば話は簡単だが、道路に散逸して見つからん。高速警察隊が懸命に探しているが、未だに発見されていない。従って、今に至っても身元不明のままだ」

「有働さゆりが、また現れたんですか」

「断言はできん。何しろ、まだ被害者が誰なのかも不明なんだ。この犯行声明にしたところで、捏造（ねつぞう）が可能なのはお前も知っているだろ」

「模倣犯、ですか」

「忌々しいが、『カエル男』は一種のブランド名になっている。おぞましい死体の横に稚拙な犯行声明を置いておけば、警察はまずカエル男の犯行を疑う。手前ェ（てめぇ）の犯行を眩（くら）ましたいヤツにとっちゃ手を合わせたくなるほど有難いブランドだ。しかもお誂（あつら）え向きに有働さゆりは逃亡中ときている。これを利用しない手はない」

　渡瀬の物言いも大概だが、『カエル男』が恐怖のブランドになっているという言説はあながち冗談ではない。カエル男が関係した事件は例外なく死体損傷の度合いが激しい。今回の高速道路上の事件もその例外ではなく、世間やマスコミがまず連想するのはカエル男の犯行に違いない。

言い換えれば模倣犯はカエル男に冤罪を被せている訳で、これはこれで気分が悪い。

「説明はもう充分だろう。行くぞ」

「どこへですか。まだ被害者の身元は不明なんじゃ」

「遺留品探しを高速警察隊に丸投げするつもりか」

立ち上がった渡瀬は、こちらを振り向きもしない。それで合点した。損傷の激しい死体と稚拙な犯行声明がワンセットで現れた時点で、事件は渡瀬班が専従になるに決まっているではないか。


死体発見現場となった高速道路では、当然のことながら交通規制が敷かれていた。一車線を通行止めし、サービスエリアから四十キロの範囲内を隈なく捜索する手筈だ。

だが高速警察隊と捜査一課の尽力にも拘わらず、発見されたのはずたずたに千切れた衣服の残骸と、これも走行車に潰されたスマートフォンの欠片が見つかっただけだった。午前中の捜索を終えると、渡瀬は古手川を連れて移動すると言い出した。

「いいんですか、まだ札入れや身分証明書の類は見つかっていませんよ」

「たった今、解剖が終わったと連絡が入った」

道路で物的証拠が見つからないのであれば、死体そのものに素性を訊くのも手だ。

二人は司法解剖を担当した浦和医大法医学教室へと向かった。到着すると、早速法医学教室の主である光崎が渡瀬に輪をかけて不機嫌な顔を見せた。

「今回は特に損壊がひどいな」

光崎は渡瀬に向かって遠慮のない口を利く。渡瀬も慣れた様子で受け取る。

「文句は犯人に言ってやってください」

「犯人に言えん代わりに警察に言っておるんだ」

光崎は渡瀬たちを引き連れて解剖室に入る。解剖台の上にはシーツに覆われた死体があった。続いて何の断りもなく、シーツを剝がす。

途端に肉の焦げる臭いと腐敗臭が鼻を衝いた。死臭にすっかり慣れたはずの鼻と頭が、これ以上嗅ぐなと警告する。これは人が嗅いではならない臭いだ。古手川は予め装着していたマスクの上を更に手で覆う。

露出した部分はことごとく擦り切れ、元はヒトであったとようやく判別できる程度だ。焼死体のように拳闘家様姿勢になっていない分、余計に禍々しい。

「人体に対する敬意が欠片も感じられん。例のカエル男とかの仕業か」

「本物にしろ模倣犯にしろ、意識的にそうしているのは間違いありませんな。死因はやはり外傷性ショックですか」

「直接の死因は胸部骨折による呼吸不全だ。複数回の衝撃で肋骨のほとんどが折れている」

見れば死体の胸部は歪に歪んでいる。通常のかたちをしていない分、おぞましい。

「呼吸不全ということは、その」

「引き摺られる前から意識があった。肺の内部から排ガスの成分が検出された」

低回転から強力なトルクを発生させるディーゼルエンジンは多くのトラックに採用されている。近年ではずいぶん改良されていると聞くが、それでも排ガスを発生させやすいエンジンであることに変わりはない。その排ガスが肺から検出されたのは絶命するまでの間に呼吸し続けていたことを意味する。つまり生きながらにして四十キロもの道程を引き摺られたのだ。

「摩擦で取れてしまったが、猿轡をされていた痕跡がある。胸部骨折の時点で声は出なかっただろう」

「そうでなくても高速道路を走行中のトラックでは、いくら叫んでも運転席に届かんでしょう」

二人の会話を聞きながら古手川は被害者の心境を考えて戦慄する。意識を保ったまま身体が擦り切れていく激痛と恐怖など想像するのも困難だった。

「では死亡推定時刻はトラックが発車した午後十一時半から停車するまでの二十分間ですな。他に判明したことはありますか」

「頸部に火傷痕がある。形状から見てスタンガンだろう」

「スタンガンで気絶させてから拘束し、トラックの車体に潜り込んでシャフトに繋ぐ。ずいぶ

ん と手慣れた犯行ですね」

「犯行の中身など知るか」

光崎は解剖対象の死体にのみ関心があり、犯人像には毛先ほどの興味も示さない。だが、今の反応は殊更に強調されて却って違和感を覚える。

「胃の内容物の消化具合からも死亡推定時刻は一致している。内容物を知りたいか」

こんな風に持ち掛けてくるのは、内容物に特徴があるからに相違ない。

「聞きたいですな」

「インゲン、大葉、ローズマリーの絡んだ鶏肉、梅もやし」

束の間、考えてから渡瀬は答える。

「どれも旬の食材ですね。それらが一緒に使用されたとなるとレストランで食事をした可能性が高い。十四日は給料日から遠ざかっている。それにも拘わらずレストランで外食しているのは比較的懐が暖かい証拠ですね」

「わしに訊くな」

確認を拒む一方で否定しないのは、渡瀬の見立てに同意しているからだ。この二人のやり取りには考察や推理が必要になるので面倒臭い。

「既往症はありますかね」

「見当たらん。カルテから個人を特定しようとするなら歯型くらいだろうな」

光崎が歯型に言及するのであれば、当然記録に残しているだろう。それなら警察歯科医に依頼をかけて歯科所見をカルテ記録やレントゲン写真と照合すれば、個人が特定できる。

解剖室から出る際、栂野真琴助教と出くわした。解剖絡みでは現場に同行することも多く、本音を言えば古手川も憎からず想っている相手だ。

真琴はこちらの顔を見るなり小首を傾げた。

「古手川さん、どうかしたんですか」

「どうもしないよ。いつものように光崎教授に所見を聞いていた」

「難しい事件なの」

「どうして、そう思うんだ」

「何だか浮かない顔をしているから」

時々、真琴は古手川の真意を衝くようなことを口走る。女の勘は鋭いと言うが、真琴の場合は観察力が加わっているから始末に負えない。始末に負えないから、ある程度は正直に打ち明けるしかない。

「死体の傍に子どものような筆跡の犯行声明が残されていた。『きょう、かえるをつかまえたよ』で始まる声明文だ」

真琴はぎょっとした顔になる。飯能市民でなくてもカエル男の犯行態様は世間に知れ渡っている。ただし、古手川と有働さゆりの関係は真琴も知る由がないはずだった。

「カエル男、また犯行を再開させたの」

「そうと決まった訳じゃない。あくまでも疑いの範疇だよ」

「でも、あの死体の損壊具合、カエル男の犯行なら納得できる」

真琴にさゆりの犯行を示唆されると胸の辺りがざわつく。理由は分からない。

「やり口が分かりやすい分、模倣犯の可能性もある。予断は禁物だ」

すると真琴は、まだ納得できないという顔をした。

「今回、やけに慎重なのね」

「カエル男の事件は、いつも相手が狡猾だからな。嫌でも慎重にもなるさ」

「ふうん」

真琴は疑わしげに首を捻る。古手川はきまり悪くなり、いつもなら気の休まる場所を這う這うの体で立ち去る羽目になった。


その後、渡瀬と古手川は蓮田サービスエリアに戻り、設置されていた防犯カメラの確認に入った。班長自らが少数精鋭を標榜するだけのことはあり、渡瀬たちが到着する前に当該の画像が検索済みだった。

「六月十四日、午後十時五十一分。死体を牽引したトラックがサービスエリアに進入してきます。同五十二分、死体発見者であるドライバー、堤見氏が降車します」

検索を担当した捜査員がモニター画面を観ながら説明を加える。

「同十時五十五分、トラックに近づく人影があります」

見ていると、中肉中背の人影がブルーシートに包まれた物体を引き摺ってトラックに寄る。身を屈（かが）めて車体の下に潜り込んだと思うと、包みも引き入れる。

「同十一時五分、人影は車体の下から這い出て、この時ブルーシートのみを回収します。被害者はこの時、シャフトに結わえつけられたものと思われます」

人影は何事もなかったかのようにその場を立ち去る。

「同十一時三十分、堤見氏が戻りトラックが発車します。ターンした際、一瞬だけ車体から爪先が覗くのが認められます」

「この人影では人相どころか性別も分からん。解析して鮮明にできないのか」

「元々光量不足ですから限度があります。横顔も映っていないので3D化も困難です」

「ないない尽くしか」

「一つ可能性があるとすれば、時空間データでのプロファイリングです。過去に扱った事件のデータベースに該当するものが残っていれば照合できます」

時空間データ横断プロファイリングというシステムが存在する。NECが開発した歩容パターンの解析を応用したもので、人間の細かい行動ではなく動線の微視的な乱雑さ（動きの変化の度合い）を捉えることで対象者の行動パターンを定量化するのだ。試験的に導入されているものの、既に不審者数万人分の歩容パターンがデータ化されているらしい。

「すぐに照合できるか」

「一両日中には何とか」

「そんなに待てるか」

渡瀬は低い声で彼を脅す。

「今日中だ」

「了解です」

横にいると、いつになく渡瀬の焦りを感じる。通常、犯人の手掛かりがないくらいで渡瀬は焦らない。

焦っているのは犯人の危険性を知っているからだ。時間が経(た)てば経つほど状況が悪化するのを懸念しているからだ。

「有働さゆりの仕業だと考えているんですか」

県警本部に向かう車中、古手川は単刀直入に訊いてみた。渡瀬は薄目を開けたまま正面を睨(にら)んでいる。

「まだ何の証拠もない」

「でも」

「焦っているように見えるか」

そこまでお見通しかよ。

「もし有働さゆりが関わっているのなら、被害者が一人で済むとは思えん。精神的に病んでいても己に課したルールは守る。彼女の犯行態様の場合、それは五十音順だ」

殺人はこの一件で終わらず、五十音順に連続していく。今この瞬間にも第二の被害者が襲われているかもしれないのだ。

「少し急ぎます」

古手川はアクセルを踏み込んだ。

本部に到着すると、折よく警察歯科医からの報告が上がっていた。

「二年前にインプラント治療をした記録が残っていた。被害者はさいたま市在住の烏森彰人(かすもりあきと)弁護士だ」

「弁護士ですか。懐が暖かいのも納得の職業ですね」

「職業で収入を決めつけるな。今日びハローワークに通う弁護士だっているんだ」

承知していても、なかなか古手川の先入観は拭えない。目の飛び出るような報酬を要求する悪辣(あくらつ)な弁護士を知っているからだろう。

「どういう素性の弁護士ですか」

「ひと言で言やあ人権派ってやつだ。被害者遺族への配慮よりは被告人の人権。犯罪は社会が生み出したものであり、被告人はその犠牲者に過ぎない。法廷でそういう主張を鸚鵡みたいに繰り返している。死刑廃止論者でもある」

「腕はいいんですか」

「御子柴弁護士ほどじゃないが、刑法第三十九条の適用で無罪を勝ち取ったケースが一件ある。検察と被害者遺族にとっちゃあ不倶戴天の仇ってところだな」

「恨んでいる人間もいるでしょうね」

「法廷は勝ち負けを決める場所だ。弁護側の勝ちで終わる数だけ恨むヤツが出てくる。問題は弁護士の名前だ」

「烏森。今度はカ行で始まるんですか」

「しばらく被害者の名前は伏せておいた方がいいかもしれん」

渡瀬の危惧はよく理解できる。過去の事件からカエル男は五十音順に被害者を選ぶことが知れ渡っている。今回の被害者が「カ」で始まる人物なら、次の被害者は「キ」だ。該当する名前の者は当然に恐れるだろうし、気の弱い者ならパニックになってもおかしくない。

ふと古手川は考える。烏森弁護士は精神を病んだ被告人を救った男だ。その烏森弁護士が、同じく精神を病んだ有働さゆりに殺されたのだとしたら、これほど皮肉な話もない。

「何がおかしい」

渡瀬の声で我に返った。

「俺、笑ってましたか。まさか」

「お前らしくない笑い方だった」

その日の遅く、防犯カメラの画像を解析していたチームから報告が上がってきた。サービスエリアに出没した不審者の歩容パターンを解析したところ、データベースに保存されていた有働さゆりのそれと一致したとの内容だった。

これで模倣犯の線は消えた。

有働さゆりが帰ってきたのだ。

2

翌日の捜査会議で有働さゆりの名前が出ると、居並ぶ捜査員たちは一様に複雑な表情を見せた。驚愕(きょうがく)と困惑。分けても顕著だったのは雛壇(ひなだん)に座る面々だった。

里中(さとなか)県警本部長はこの世の全ての不幸を一身に背負ったような表情を浮かべ、栗栖(くりす)一課長はこの世の全ての鬱陶しさを腹に溜(た)めたように顔を歪めている。端に座る渡瀬の仏頂面だけは通常運転なので却って目立たない。

渡瀬班に限らず捜査一課の人間は大なり小なりカエル男の捜査に参加しているので、皆が平常心でいられないのも当然と言える。

管理官の葛目も歩容パターンが一致した旨の報告を受けると、やはり苦虫を嚙み潰したような顔をした。

「次に、犯行声明文に使用された紙片と筆跡について」

科捜研の担当が立ち上がった。

「使用された紙片は70g／㎡の普通紙で、コンビニやホームセンターでも販売されているマスプロ品です。指紋は一種類のみ付着しており、これは有働さゆりのものと一致。また筆跡に関しても、収監時に残されていた本人の自筆より有働さゆりのものと一致しています」

歩容パターンと指紋、そして筆跡の一致で有働さゆりの犯行であることは決定的になった。

葛目は眉間の皺を深く刻む。

「蓮田サービスエリアおよび高速道路での遺留品についてはどうか。鑑識」

名指しされた鑑識係が立ち上がる。

「サービスエリアに設置された防犯カメラから容疑者の動線が判明したので下足痕を採取したところ、有働さゆりのものと一致しました。ただし下足痕以外の遺留品は見当たらず。サービスエリアから死体発見現場に至る高速道路約四十キロメートル範囲を捜索したところ、スマホの残骸、そしてようやく身分証明書の一部が採取できました」

身分証明書によって被害者は烏森弁護士であるとの確証を得られたが、先に歯型の一致が報告されているので補完にしかならない。問題はスマートフォンの中身だ。事によれば有働さゆりが烏森弁護士と接触した痕跡が残っているかもしれない。そうなれば彼女を追跡する手段も講じられる。

だが鑑識係の報告はその期待をあっさりと裏切る。

「当該のスマホは幾度も走行車に破壊され、中身の解析は不可能な状態です。他に本件に関わる証拠物件は見つかっておりません」

「次、被害者の当日の足取りについて」

「はい」

これには別働隊である瀬尾班の捜査員が応える。

「被害者烏森彰人弁護士は六月十四日の午前九時、浦和区高砂三丁目にある自身の事務所に出勤しています。午前と午後に一度ずつ出廷し、午後四時に帰社。書類仕事をした後、事務員に鍵を渡して六時過ぎに退社。その後の足取りは不明です」

「自宅との往復手段は」

「電車ですが、事務所最寄り駅の防犯カメラに、帰宅途中の烏森は映っていませんでした」

つまり烏森は帰宅途中で拉致された可能性がある。最寄り駅で姿が確認できないのは、他人のクルマで攫われたからに相違ない。

「現在は目撃情報の収集と、事務所から最寄り駅の間に設置された防犯カメラで烏森の姿を追跡している最中です」

古手川は期待半分諦め半分で報告を聞いていた。浦和区高砂三丁目と言えばさいたま地裁の所在地だ。裁判所が近いという利便性で弁護士事務所が林立している。おまけに県警本部の所在地でもある。交番の前に落ちていた財布を盗む者はいないという理屈からか、当該周辺地域は繁華街ほど防犯カメラが設置されていない。烏森やさゆりの姿を追跡するには困難が付きまとうだろう。

古手川と同じ思考に至ったらしく、葛目は怒りを顔に出す。

「つまり犯人は県警本部のお膝元で被害者を拉致したことになる。県警本部もずいぶん舐められたものだ」

「それは少し違う」

横から渡瀬が口を差し挟んだ。

「何が違うんだ、渡瀬班長」

「別に舐めているんじゃない。ここで襲うのが一番安全だと判断したんだ。蓮田サービスエリアでの一見大胆そうな行動も、下見をした上での計画に決まっている。防犯カメラに顔が映っていないのは、設置場所を把握していたからだ。犯人は決して無謀なんかじゃない。むしろ冷徹で計画的だ」

「しかし渡瀬班長。容疑者有働さゆりは精神を病んでいる。精神疾患を患った人間に計画的な犯行が可能だろうか」

「有働さゆりを診断した医師は解離性同一性障害という判断を下した。あくまでも人格障害であって知的障害じゃない。ご丁寧なことに、起訴前精神鑑定で鑑定医は責任能力に問題はないとまで明言している」

葛目は憂鬱そうに首を横に振る。

「まだある。最後にＪＲ山手線の車両で目撃されるまではホテルでの大量毒殺事件や高速バス爆破事件などの関与が疑われている。だが、そんな大事件を有働さゆりが単独で行ったという解釈には無理がある。合同捜査をした警視庁捜査一課の専従班は共犯説を捨てきれなかった。有働さゆりが実行犯であるのはともかく、裏で指示を出していた人間がいるとな。元より知能が高かったとしたら、指示役の手法や犯行態様を学んだと考えてもおかしくない」

生来の実行力に緻密な計画性が兼ね備わっているとすれば鬼に金棒だ。過小評価していれば、こちらが寝首を掻かれかねない。葛目は更に憂鬱そうな顔になる。

「渡瀬班長はカエル男事件の当初から捜査に携わってきたんだったな。留意すべき点があれば、ここで皆に伝えてくれないか」

渡瀬班とカエル男の闘いは、県警本部にいる者ほとんどが周知している。管理官が恥も外聞もなく渡瀬にアドバイスを求めるのは、そうした下地があるためだ。

「あれをそこらにいる犯罪者と同列に考えんことですな」

渡瀬は分かりきったことを訊くなという口調で答える。ここまで上司に反抗的な態度を取りながら未だ警部の地位にいる事実が不思議でならない。いや、反抗的だからこそ未だ警部の地位に甘んじているのか。

「先入観や予断が禁物なのは当然として、間違っても自分の方が犯人より賢いと思わないことです。それで足を掬われた者が現実にいます」

御前崎教授の件を言っているのだと気づいた。かつて有働さゆりを治療・指導した医官だが、いつの間にか彼女の思念に搦め取られたという経緯がある。

「そこらにいる犯罪者と一緒にするな、か。我々が日夜相手にしているヤツらも大概危険人物なんだがな」

「だったら有働さゆりを人間だと思わない方がいい」

この渡瀬の言葉には、さすがに皆が顔を強張らせた。

「人間のかたちと頭脳を持った野生動物を相手にしていると考えるべきだ。しかも目撃情報によれば、この野生動物は左手の親指を欠損している。言わば手負いの獣だ。手負いの獣がどれだけ危険か、改めて説明するまでもないだろう」

「場合によっては発砲もやむなしという意味でいいのか」

「窮地を脱出するためには自分の指を噛み千切るようなヤツです。他人の命なんざ道端の石くらいにしか思っていないかもしれませんな」

葛目は咳払いを一つした後、捜査員たちに向けて号令をかけた。

「聞いた通りだ。手負いの獣を長時間放置する訳にはいかない。有働さゆりを早急に確保する」

捜査会議が終わるや否や、渡瀬は古手川に近づいてきた。

「ぼさっとするな。行くぞ」

最近はデスクワークが多くなった感のある渡瀬だが、ことカエル男が絡むとなると古手川を供に現場に出ようとする。栗栖課長辺りは苦々しく思っているようだが、捜査一課で渡瀬の行動を止められる者は一人もいない。

「地取りは瀬尾班に任せてある。俺たちは鑑取りに向かう」


烏森の事務所までは県警本部から徒歩で数分の距離だった。主が消えても仕事は残る。事務所では女性事務員が一人で書類を片づけているところだった。

古手川が来意を告げると事務員は短く嘆息した。

「昨日、来られた刑事さんに当日の所長のスケジュールはお伝えしたはずですけど」

「今日、伺ったのは烏森先生の人となりをお訊きするためです」

「それが捜査に関係あるんですか」

「初動捜査ではありったけの情報を収集するものです」

後ろに立つ渡瀬は黙って古手川の事情聴取を観察している。当てが外れた質問をしようものなら、すぐに取って代わるつもりだろうから気が抜けない。

事務員は久田奈央（ひさだなお）と名乗り、二人をソファに案内してくれた。

「人となりと言われても、わたしは事務所の中での先生しか知りませんよ」

「だったら弁護方針や評判もご存じでしょう。烏森先生は被告人の人権保護に奔走されていたんですよね」

「他所（よそ）からは人権派とか言われていましたけどね」

「本人はそう言われるのが本意じゃなかったんですか」

「レッテルは他人が貼るものです。本人が望むレッテルなら、それに越したことはありませんけど」

　その口ぶりから、奈央が烏森をさほど尊敬していないと推察できた。

「目立つレッテルを欲していたんですか」

「どれだけ頑張っても、裁判所は弁護士の有能さを宣伝してくれません。士業は口コミに頼るしかないんです」

「なるほど。宣伝効果を高めるにはレッテルがあれば便利でしょうね。しかし烏森先生は死刑廃止論者と聞きましたが」

「人権派のレッテルを貼られて名前が売れてからの後付けだったんですよ。『自由と正義』っていう雑誌、知ってますか」

「日弁連の発行している機関誌ですね」

「寄稿を依頼された時、他の人権派の先生の著書をほとんどコピペしたんですよ」

「よく、そんな話を知ってますね」

「指示されてコピペしたの、わたしですから」

彼女が烏森を尊敬していないのはそれも理由か。

「人権派弁護士というレッテルにデメリットはありませんでしたか」

「どうせ凶悪犯の弁護に立った時点で悪役にされるのが弁護士です。その上にレッテルが貼られても非難されるのは一緒じゃないですか。あ、これはわたしの意見じゃなくて先生の受け売りです」

「何と言うか、達観していたんですね」

「達観というより割り切っていたんだと思います。人一倍出世欲の強い先生でしたから」

人権派を標榜していたのはカネ儲けのためだったと言わんばかりの口ぶりだ。

それで思いついた。

「烏森先生はともかく、久田さんにはデメリットがあったみたいですね」

「重大事件の被告人が三十九条を適用されて無罪になった案件があります。事務所は大変だったんです。朝から嫌がらせの電話が鳴りっぱなしになるし、事務所のドアは落書きされるし、表に出たらマスコミ関係者が群がってくるし」

「マスコミに騒がれるのは悪いことじゃないでしょう」

「悪意が透けて見えるんですよ。極悪人を庇（かば）うのは、ただの売名行為だろうって。まあ間違いじゃないんですけど」

「感謝する依頼人がいる一方で、烏森先生を恨む者もいるでしょうね」

誘い水のつもりだったが、奈央は軽く睨んできた。

「それ、誘導尋問のつもりですか」

背後で渡瀬の舌打ちが聞こえてきそうだった。手の内はばれた。

古手川は一歩引いて考える。どちらにしても事件は有働さゆりの犯行に間違いない。それなら烏森弁護士を恨んでいる者をピックアップしても意味がないではないか。

質問を切り上げようとした時、渡瀬に背中を小突かれた。この恐ろしい上司は部下の考えが手に取るように分かるらしい。

古手川は気を取り直して奈央を正面から見据える。

「烏森先生がどんな状態で発見されたか、お聞きになってますか」

「まあ……はい」

「到底尋常な殺害方法とは言えません。そういう殺し方をするには相応の理由がある。烏森先生を憎んだり恨んだりしている人物を当たるのは、捜査の基本ですよ。決して故人の名誉を汚すものじゃありません」

我ながら凡庸な説得だと思うが、これより他には考えつかない。不安半分で様子を探っていると、やがて奈央の顔つきが和らいだ。

「よく先生は『弁護士は憎まれて当然の商売だ』と言ってましたけど、やっぱり刑法第三十九条の適用を主張するとネットでひどく叩かれます。また犯罪者を無罪にするつもりかとか、他に弁護のしようがないから馬鹿の一つ覚えみたいに刑法第三十九条を持ち出すんだろうって」

「ひどい言いがかりですね」

「いいえ。先生の場合は中らずと雖も遠からずでしたね。無罪判決を勝ち取ったのは、たまたま上手く事が運んだだけだった。わたしはそう思っています。現に検察側有利と思われる裁判では、先生はかなりの確率で刑法第三十九条を持ち出していましたから」

奈央が辛辣なのは烏森本人が死んで本音を隠す必要がなくなったからだろう。つい先日まで生きていた人間をこうも突き放したように語れるのは、日頃から烏森に対する鬱憤が溜まっていた証拠だ。

自覚したのか、奈央は不意にきまり悪そうに身を縮めた。

「あの、何も死んだ人の悪口を言うつもりはないんです。ただ、先生の弁護方針に対する誹謗中傷は全部わたしが受けていたので」

「烏森先生の方は蛙の面に小便だったとか」

「蛙の面どころじゃないです。本人が鉄面皮だって自慢していたくらいですから」

「誹謗中傷が一番ひどかったのは、重大事件の被告人が三十九条を適用されて無罪になった案件だったと言いましたね」

「ええ」

「第三者からの誹謗中傷が一番ひどかったということは、被害者遺族からも一番恨まれたという意味じゃないんですか」

束の間、奈央は返事に窮した様子だったが、観念したように口を開いた。

「二審の無罪判決が確定すると、被害者遺族であるお母さんは法廷で烏森先生に飛び掛かろうとしました。その場で取り押さえられましたけど、翌日はこの事務所に押しかけて先生を出せの一点張りです。ちょうど先生が不在だったからよかったものの、あの剣幕で先生と対峙していたらひと悶着起きていたはずです」

「危険を感じましたか」

「目が普通じゃなかったです」

当時を思い出したのか、奈央はぶるりと身震いした。

「仕事柄、容疑者や被告人と至近距離で会うことは少なくなかったんです。でも、目の前の人間からあれだけ明確な殺意というか、濃縮された怨念を感じたのは初めての経験でした」

事務所を退出すると、古手川は渡瀬に疑問をぶつけてみた。

「遺留品から有働さゆりの犯行であるのは、ほぼ間違いないんですよね。だったら他に容疑者を増やす必要があるんですか」

「お前の耳には石でも詰まっているのか。捜査会議で先入観や予断は禁物だと言ったのをもう忘れたか」

「だけど捜査会議では有働さゆりの犯行であるのを前提で話していましたよね」

渡瀬はじろりとこちらを睨む。

「有働さゆりが烏森を殺したとは言っていない」

「でも、これじゃあ通常の捜査と変わりありませんよ」

「予断をしないってのは必要な捜査を省くって意味じゃない。はき違えるな」

班に配属されて数年に及ぶというのに、未だにこの上司が何を考えているのか時々分からなくなる。これは自分の認知能力が低いせいなのか、それとも渡瀬の知見が膨大に過ぎるせいなのか。

県警本部に戻ると、別働隊を含めて各捜査員からの報告が集まっていた。

地取りを担当した瀬尾班からは班長自らが顔を出した。

「いい報告ができなくて申し訳ないな、渡瀬さん」

瀬尾由真(ゆま)班長。捜査一課唯一の女性警部だが、アスリートのような筋肉質の体軀(たいく)には他の班長にも負けない頼もしさがある。筋肉信仰の強い古手川が密(ひそ)かに敬意を抱いている上司でもある。

「目撃情報と防犯カメラで烏森弁護士の姿を追ってみたけど、全然見当たらなかった」

「そうか」

「そうかじゃなくて」

渡瀬の落ち着きぶりに比べ、瀬尾は納得しがたく焦っているようだった。

「大の大人一人が官公庁街のど真ん中で拉致されたというのに、目撃情報がゼロだなんて異常ですよ。出来の悪いＳＦみたく本人が突然消失したか、さもなきゃどこかの国の情報部が誘拐したような手際の良さですよ。とても素人の仕業とは思えない」

「誰が、有働さゆりは素人だと言った」

渡瀬は今更という口ぶりで応える。

「埼玉県内の殺しは言うに及ばず首都圏全域でテロリストじみた事件まで起こしている脱獄囚だ。ひと一人かっ攫うくらい赤子の手を捻るようなものじゃないのか。解剖報告書にはスタンガンの使用を示唆する所見もある。スタンガンを事前に用意し、たっぷり下見に時間をかける。彼女にすればルーチンワークみたいなものだろう。そんな人間を素人扱いする方がどうかしている」

「そういえば、捜査会議でも有働さゆりを手負いの獣と呼んでましたね。同性としてあの発言に引っ掛かりを覚えましたけど、こうなってくると肯定せざるを得ません」

散々カエル男の犯行に悩まされた分、渡瀬班には経験値と認識の積み重ねがある。いかに瀬尾が有能であっても、この差は如何（いかん）ともし難い。

「まだ推測の域を出ませんけど、烏森弁護士は事務所のあるビルを出た直後に襲われた気がします。目撃情報の少なさも、それなら納得できる」

「俺もそう思う」

「じゃあカエル男専門家の渡瀬さんに伺いますけど、今回の有働さゆりの目的は何なんですか」

瀬尾は前のめりになって渡瀬に顔を近づけた。恐れの知らなさは班を束ねるだけのことはある。

「ＪＲ山手線の車両内で目撃された以後、彼女は我々の懸命の捜索にも拘わらず行方は杳として知れませんでした。悔しいですが、完璧な潜伏だったと言えます。あのままおとなしくしていれば、まだまだ身を隠せていたはずです。それを何故（なぜ）今頃になって活動を再開したのか」

「犯人でもない俺に訊くのか」

「カエル男のオーソリティでしょうが」

「次にそういう呼び方をしたら本気で怒るぞ」

「あれ。今までの仏頂面はポーズだったんですか」

「お前さんも知っての通り、解離性同一性障害ってのはその時々で人格どころか性格や口調や筆跡までも変わっちまう。だが原因や症状についちゃあ研究途上で、治療法も確立していない。そもそも有働さゆりの精神鑑定ですら意見が一致していない」

「訳の分からない犯人だから行動の目的も不明だと言うんですか」

「目的は不明だが、しかし決して通り魔的に人を殺している訳じゃない。良心の欠落が窺（うかが）えるが、単なる殺人享楽者と決めつけることもできん。今まで起こした事件についても何かしらの目的があった。おそらく今回もそうだ。潜伏による平穏な生活を投げうってでも達成しなきゃならんことがあるのさ。ただし、それが完全に判明するのは全体の絵が完成してからだ」

瀬尾の顔に、うっすらと怯（おび）えが走った。

「烏森弁護士の殺害は、全体からすれば一枚のピースに過ぎないという意味ですか」

「手前ェの無能さをさらけ出すようでみっともないことこの上ないが、次のピースを握らなけりゃどんな絵になるのか皆目見当もつかん。情けない話だが予防策は何もない。まさか県内の名前が「キ」で始まる市民全員に警備をつけるか、あるいは全員を有働さゆりも追ってこれないような場所に隔離させるか」

「どっちも無理でしょう」

「だから有働さゆりの行方が分からない現状、俺たちは待っているしかないのさ」

管理官は古手川たちに発破をかけたが、あの場に有働さゆりが立っていたらきっと嘲笑っていただろう。

古手川は背筋が寒くなった。

3

渡瀬と古手川の二人が訪れたのは市内北区だった。大宮駅の付近には大型商業施設ステラタウンの他、スーパーやコンビニが林立している。都心には電車一本という利便性も手伝い、新旧の住宅街が身を寄せ合っている。烏森の住まいは真新しい分譲マンションの一室だった。

事前に訪問の件は伝えていたので、遺族はすぐにドアを開けてくれた。遺族と言っても烏森に子どもはいなかったので遺(のこ)されたのは妻の泉美(いずみ)一人だけだ。

「どうして人を助け、人を護(まも)る仕事をしている人が恨まれなきゃいけないんですか」

泉美の第一声がそれだった。

「それもトラックに引き摺られてだなんて。いったい、烏森が何をしたっていうんですか」

まだ気持ちの整理がついていないらしく、泉美はまるで古手川が犯人であるかのように食ってかかる。彼女には夫がどういう状態で発見されたかだけを伝えてある。

「理不尽です。理不尽過ぎます」

泉美の相手をさせられている古手川を尻目に、渡瀬は何気なく室内を観察している。つられて古手川も渡瀬の視線を追う。

子どもの気配が微塵(みじん)もなく、生活感が皆無なほど綺麗(きれい)に整えられた部屋。それで夫婦間の空気がぼんやりながらも推察できた。

　しばらくそのままでいると、叫び疲れたのか泉美は脱力したようにソファに座り込んだ。ここからが古手川の質問タイムだ。

「最初にお訊きします。ご主人は仕事の話を奥さんにしていましたか。無罪を勝ち取った自慢とか、逆に負けた時の愚痴とか」

「それは全然ありませんでした」

　泉美は言下に否定した。

「大体、男が家で仕事の愚痴をこぼすなんて、みっともないですよ」

「そういうものですかね」

「少なくともわたしの実家ではそうでした」

　そのひと言で合点がいった。泉美は実家の慣習を自分の家庭にも踏襲させているのだ。これでは烏森も家の中でガス抜きができず悶々としていたのではないか。人権派を看板にする烏森に対して、初めて同情心が芽生えた。

「じゃあ、ご主人が法曹界でどんな評判を得ていたかもご存じない訳ですね」

「評判なんて知る必要ないですよ。年収の多寡でその人の価値は自ずと知れますから」

「そういうものですかね」

「仕事に対する評価で、一番分かりやすくて実績に即したものが収入じゃないですか」

苦手とまでは言わないが、私生活で懇意になりたいタイプではないと思った。

「では、特に不満とかなかった訳ですか」

「正直、子どもがいればと思う時はありましたけど、主人があまり子ども好きじゃないので」

嘘を吐いている顔ではない。泉美が烏森に対して殺意を持っている可能性は捨てていいだろう。

「家に仕事を持ち込まず、稼ぎもいい。夫としては満点に近かったです」

死んだ後に採点される気分は本人もいい気はしないだろう。烏森に対してますます同情したくなる。

「満点ではない理由は何ですか」

「家の中にトラブルが持ち込まれたからです」

泉美は思い出すのも忌々しいようだった。

「ある事件で烏森が無罪判決を勝ち取ったんです。ところが被害者遺族の一人がそれを恨みに思ったらしく、自宅マンションにまで押しかけてきたんです」

古手川の脳裏に事務員の奈央の証言が甦る。

『二審の無罪判決が確定すると、被害者遺族であるお母さんは法廷で烏森先生に飛び掛かろうとしました。その場で取り押さえられましたけど、翌日はこの事務所に押しかけて先生を出せの一点張りです』

渡瀬はと見れば、軽く頷(うなず)いている。どうやら考えは一致しているようだ。

「詳しく話してください」

泉美の説明によるとこうだ。

泉美はネットニュースで夫の手掛けた案件が無罪判決になった事実を知った。普段はどんな重大事件であろうが裁判結果にさほど興味のない泉美がニュースに目を留めたのは、そこに夫の名前が大きく取り上げられていたからだ。泉美はそのニュースで、烏森が刑法第三十九条を主張して無罪を勝ち得たことを知る。

「法律には詳しくないわたしでも、門前の小僧習わぬ経を読むで刑法第三十九条くらいは知っていましたからね」

マスコミは総じて疑問めいた論調だったが、泉美は気にもしなかった。マスコミはやたらに批判し不安を煽(あお)るものだと夫に教えられていたからだ。

だが被告人の無罪が確定して三日後、夫の留守中に泉美は不審者の訪問を受けて実際に不安を覚える。

「でも奥さん。このマンションはオートロックになっているでしょう。一階エントランスの段階で訪問を拒絶できたんじゃないですか」

「それが、宅配の人がやってくるのをじっと待ち構えていて、一緒に入館してきたんです。だからいきなり部屋の前まで来てインターフォンを鳴らしたんです」

いきなりの訪問だったので、当然泉美は警戒して決してドアを開けなかった。だが、それしきですすごすごと立ち去るような相手ではなかった。

「被告人に殺された娘の母親だったんですよ。あなたの夫が卑怯(ひきょう)な弁護をしたせいで被告人が無罪になってしまった。この落とし前はどうつけるつもりだって、ドアの前で訴え続けるんです。知りませんよ、そんなの。出ていってくれと何度も警告したけど聞く気配もなかったから、お巡(まわ)りさんを呼びました」

母親は駆けつけた巡査と押し問答を続けた挙句、連行されていったのだと言う。

しかし、それで終わりではなかった。

「その母親、何とか烏森と直接会おうとして事務所にも押しかけたらしいです。結局は会えずじまいだったんですけど、そうしたら今度は同じやり方でマンションに侵入して、玄関ドアにひどい落書きをしたんです」

証拠として保存していたのだろう。泉美は自分のスマートフォンを開いてみせた。表示された画像には「悪魔の弁護士」やら「人権でメシを食うな!」やら激情に任せて殴り書きされた玄関ドアが映っている。

「これ、全部固形ペンキで書かれてました。落とすのに業者さんを呼ばなきゃいけませんでした」

「この落書きを母親が書いたという証拠はあるんですか」

「警察に被害届を出して調べてもらいました。生憎この階のフロアには防犯カメラが設置されてないんですけど、彼女が一階エントランスを突破した場面は映っていたみたいです」

被害届云々というのであれば泉美の証言に嘘はないだろう。裏付けは通報を受けた交番から事案対応記録を取り寄せればいい。

「一刻も早く、あの女を逮捕してください」

泉美はこちらを睨んで言う。

「主人が殺されたと聞いてから、犯人はあの女以外には有り得ないと思ってました」

「お話を伺う限り、犯人だという証拠はないようですが」

「証拠なんて、その気になって探せばいくらでも出てきますよ」

泉美から理性的な言動は望めないと諦め気味だったが、さすがにこの台詞には古手川も困惑する。捜査本部は全力を挙げて容疑者の特定に努めると告げるのが精一杯だった。

「形式的な質問ですが、十四日の午後十一時半から零時までの間、どこで何をされていましたか」

「主人の帰りを待っていたけど、諦めてベッドに入った頃だと思います。連絡なしで午前様になるのは珍しくなかったから」

烏森のマンションを退去すると、古手川は胃もたれを誤魔化すように深呼吸を一つした。

「息苦しかったか」

「色々と圧がすごかったです。何なんですかね、あれは」

「最初から犯人は被害者遺族だと決めつけているからだ。正義が自分の側にあると思い込んでいるから、警察にも平気で傲慢な態度が取れる」

矢庭にむらむらと反抗心が湧いた。

泉美が犯人を被害者遺族だと決めつけているのと同様、古手川も有働さゆりが犯人だと思い込んでいる。指紋と筆跡、そして防犯カメラに映った姿で彼女の犯行であるのはほぼ間違いないではないか。おそらくは渡瀬もそう考えているに相違ない。だが頑(かたく)なに公言しようとせず、古手川を窘(たしな)める。いくら予断を許さないといっても、これは古手川への当てつけのようにしか感じられない。

「俺は傲慢になんてなりませんよ」

「お前は傲慢じゃなくて浅慮なんだ。普段はともかく有働さゆりが絡んだ途端、その傾向が顕著になる」

反射的に口を開きかけたものの、思い当たるフシが多々あり反論できなかった。

「夫人の態度を見ていてどう思った」

「夫婦仲、あまりよくなかったみたいですね」

「根拠は」

「受け答えの感触から」

「大層悔しがってはいたが、悲しんではいなかっただろ。態度もそうだが言葉にも出てなかった。言葉と態度だけで本心を推察するのは早計だが、それにしても希薄過ぎる。希薄にしろ過剰にしろ、反応が異状なのは別の感情を隠そうとしている時に多く見られる傾向だ」

「別の感情って何ですか」

「まだ新しいマンションの4LDK、室内の調度はどれも高級品だ。北区の新築マンション4LDKなら五千万円から六千万円が相場、預金も八桁はありそうだ。夫婦には子どもなし。つまり烏森弁護士が死ねば、遺産の全ては夫人が相続することになる」

「遺産を独り占めできるから、ほくそ笑んでいたって訳ですか」

「可能性は小さくない。アリバイを尋ねたら一人で寝ていたと言う。無論、証人はいない。すぐに照会をかけて一階エントランスの防犯カメラのデータを押収させる」

「財産狙いが動機というのは分かりますよ。しかし動機があったとしても全ての物的証拠は有働さゆりの犯行であることを示してるんですよ」

だが渡瀬はそれきり答えようとせず、覆面パトカーの助手席に滑り込んだ。

二人が次に向かったのは東京都練馬区の石神井台（しゃくじいだい）だった。石神井城跡を中心に延びる地域には小中学校が集中しているため、登下校の時間には子どもたちの姿が目立つ。

事件が起きたのは三年前の八月のことだった。

当時十歳の越田真凛ちゃんは友だちと別れた直後に消息を絶った。夕刻になっても娘が帰宅せず、母親の暁美が方々を捜し回ったが足取りさえ摑めない。午後七時を過ぎた時点で最寄りの交番に捜索願が出され、警察官と地元の有志が懸命に捜索したが真凛ちゃんの行方は杳として知れない。

事態が最も悲劇的な展開となったのは翌朝の七時だった。石神井公園の三宝寺池で真凛ちゃんの縊殺死体が浮いているのが発見されたのだ。

現場に駆けつけた機捜（機動捜査隊）により真凛ちゃんは他殺と断定され、石神井署に警視庁との合同捜査本部が置かれる。捜査会議で事件の概要を知らされた捜査員たちは全員が怒りと義憤に囚われる。死体には凌辱された形跡があったからだ。

捜査員たちの執念が実り、わずか三日後に容疑者の男が逮捕された。男は青山佑樹三十五歳無職、現場付近の防犯カメラに残っていた映像により捜査線上に浮上し、逮捕後に採取されたＤＮＡ型が遺体に残存していた体液のそれと一致した。本人の自供も取れ、真凛ちゃん事件は解決したかのように見えた。

だが続く第二幕の公判前整理手続において事態は急変する。弁護側の烏森弁護士が要請した起訴前精神鑑定において青山は精神分裂病（統合失調症）と診断されたからだ。

無論、検察側も起訴前精神鑑定を行っていたが、この時の鑑定医は「精神病質ではあるものの責任能力を有する」と診断していた。かくして公判は二つの鑑定結果を巡って裁判所の判断に委ねられることとなった。

検察側の健闘も空しく、一審は被告人が犯行当時は心神喪失状態であったと認定した。検察側は即日控訴するが二審で棄却され、ここに青山の無罪が確定する。判決後の青山は八王子医療刑務所に措置入院させられている。

「精神鑑定を依頼された医師が優秀だったせいもあるが、公判で烏森が披露した弁護も堂に入ったものだった」

裁判記録をすっかり暗記したらしい渡瀬は胸糞悪そうに話す。

「普段の青山の言動が犯行時のそれといかにかけ離れているか、友人知人の証言を掻き集めた上、心神喪失者の人権について延々三十分間も熱弁を繰り広げたらしい。司法記者は演説の時間だけを取り上げたが、中身は他の人権派弁護士たちの主張を寄せ集めただけの陳腐な内容だった。だが真凛ちゃん事件で無罪判決を勝ち取ったことで烏森の名前が知れ渡った」

士業は口コミ頼りというのは奈央の言葉だったが、マスコミで名前が取り沙汰されれば効果はそれ以上となる。検察側は面目丸潰れ、被害者遺族は落胆、被告人は措置入院、結局は烏森の一人勝ちという訳だ。

「殊に苦汁を嘗めさせられたのは被害者遺族の越田家だった。公判が始まる前から夫は暁美の監督不行き届きを責め続け、判決が確定した後は別居した。家の中にいると娘のことを思い出して辛いからと言い訳していたが、実際には寄る辺をなくして浮気相手の住まいに転がり込んだのが真相だ」

「最低じゃないですか」

「それは第三者の見方だ。最低かどうかなぞ、当事者にしか分からん」

一人娘を殺された挙句に家庭を崩壊させられたのだ。母親である暁美の無念さは想像するに余りある。

仇である殺害犯は医療刑務所の塀に護られて手出しができない。そもそも判決を無罪に傾けさせたのは青山本人ではなく烏森だ。暁美が烏森を追いかけ回し、迷惑行為を繰り返すのももっともだと思われる。目的地が近づくにつれ、古手川は気が重くなっていく。

越田宅は古い住宅地の一角にあった。周囲はどこも築二十年以上経過していそうな建物が並んでいるが、越田宅はその上に荒廃が進んでいた。小さい庭では雑草が伸び、罅割れた表札もそのまま放置されている。

インターフォンも相当に古びており、暁美の返事も雑音でよく聞き取れない。束の間のやり取りの後、ようやく玄関ドアが開けられた。

「どうぞ中に」

ドアの隙間から顔を出した暁美もまた、建物と同様に荒んでいた。化粧っ気はなく肌は荒れ放題、ひっつめ髪は艶がなくところどころが解れている。

家の中は更に乱雑だった。衣類や小物が散らばり、その間を埋めるように弁当のプラスチック容器やレジ袋が捨てられている。ちらりとシンクの周辺を観察したが自炊した形跡がない。まるで掃除が苦手な独身男の住まいだが、家族を失うと炊事洗濯をする気力も失われるのだろうか。

「ご用件は何でしょうか」

「烏森弁護士の件で伺いました」

古手川から烏森の名前を出されると、暁美は予想が的中したという顔をする。高速道路で発見された黒焦げ死体が烏森である事実は現時点で公表されていない。従って、暁美の反応を窺うために烏森の死はまだ伏せておくべきだ。

「事務所や自宅に押し掛けたそうですね。被害届を受理しています」

「別に本人や事務員さんやご家族に危害を加えてなんかいませんよ」

「度重なる嫌がらせ電話や器物損壊は立派な危害ですよ」

「ご苦労さま。たかがそれしきのことで、わざわざ家に足を運んだんですか」

「それが仕事ですから」

「自宅マンションに無断で侵入した件は、警察で調書を取られて解放されました。まだ何かお咎（とが）めを受けなければいけませんか」

暁美は古手川を相手に全く怯（ひる）む気配はなく、それどころか挑発的とも言える。

失くすものがない者は容易に開き直る。青山の無罪判決が確定すると、暁美たちは次に民事裁判に訴えることにした。ただしこちらの裁判は勝訴したものの、無職の青山に換価できるような財産はなく両親も夜逃げ同然で行方を晦ませたため、裁判に勝っても得たものは何一つなかった。暁美が怖いもの知らずになるのも当然かもしれない。

「最近、烏森弁護士と接触しましたか」

「しませんよ。第一本人に近づくなと警告したのは、あなたたちじゃないですか」

カマをかけてみるが、暁美の表情も口調も変わらない。

「烏森弁護士に対する恨みが消えたという解釈でいいですか」

「消える訳ないでしょ」

暁美は表情を変えぬまま吐き捨てる。

「家の中、見ているでしょ。わたし一人だけなんですよ。主人も真凛もいない。あるのは一緒に住んでいた時の記憶だけ。だから少しでも家族の思い出があるものは捨てられない。服も布団も持ち物も。掃除が行き届かないのは分かっているけど、とても手がつけられない」

そして思い出の品を手に取る度に、烏森への憎しみを再燃させるという具合か。これでは消えるものも消えない。

「わたしは本当に沢山のものを失くした。だけどあの弁護士は名声を手に入れ、仕事も増えたというじゃないですか。あいつがしたことは殺人鬼を正当な裁きから逃したことなのに」

暁美の自虐めいた笑みは凄絶でさえあった。

「ねえ、刑事さん。心神喪失者の行いは罪に問われないなんて変だと思いませんか」

内心どきりとしたが、警察官としては建前を並べるしかない。

「法律で決まっていることです」

「わたしも素人ながら刑法第三十九条については勉強もしました。日本の刑法はその人の考えじゃなくて行為に対して規定されてるんですよね。だったら犯人が精神疾患であろうがなかろうが関係ない。犯した行為のみを問えばそれでいいじゃないですか」

素人ながらと言いつつ、暁美の指摘はきわどい論点を突いてくる。古手川は続く建前を用意できなかった。

「こんなひどい話ってありますか。大事に育てた娘があんなひどい目に遭わされたのに、わたしの家族は追い打ちまで食らっている。それなのに娘に手を掛けた犯人はベッドの上で手厚い看護を受けて、刑法第三十九条なんて訳の分からない法律を振りかざした弁護士は有名になってちやほやされている。こんな理不尽なことってありますか」

皮肉な話だが烏森の妻も理不尽を連呼していた。死んで当然の人間はいないから、遺された者は一様に理不尽と感じるのだろう。

「それに比べたら嫌がらせの電話や落書きがどれほどのものだって言うんですか。不公平じゃないですか」

世の中や法律が不公平なのは暁美に指摘されるまでもない。古手川自身が学んで身に染みたことだ。

「わたしの味方はねえ、誰もいなかったんです」

「同情する声はあったでしょう」

「あったかもしれないけど、耳に入ってこなければないのと一緒です。わたしを非難する声はありましたよ。事件の後、固定電話が鳴ると大抵そういう内容でしたよ。母親が目を離したのが悪いとか、そんな危険人物が野放しになっている地域で子育てする方が間違っているとか。電話のコンセントを抜いたら抜いたでネットでは叩かれ、外に出たら後ろ指を差され、何も見聞きせずに家の中でじっとしていたら今度は夫に詰(なじ)られる。本当に地獄みたいな生活でしたよ」

　被害者遺族だというのに二次被害に遭う。どこにでも転がっている話だが、見聞きする度に厭世(えんせい)感が募る。

「そんな生活がずっと続いていたけど、警察に厳重注意されて、最近ようやく落ち着いてきたんです。さすがに犯人や弁護士や世間を恨むのに疲れてしまって。それなのに、またわたしを責め立てようっていうんですか」

　暁美の視線がねっとりと纏(まと)わりつく。

「それってひど過ぎませんか」

　まるで自分が暁美を迫害しているような強迫観念に襲われる。これ以上、暁美から得られる情報はないと古手川は判断した。

だが、その判断は早く暁美から解放されたいがために己が敷いた逃げ道だった。逃げられると安堵した瞬間、注意力が吹き飛んだ。

「形式的な質問ですが、十四日の午後十一時半から零時までの間、どこで何をされていましたか」

口に出した瞬間、失敗に気づいた。アリバイの確認をした時点で、古手川たちの訪問目的を教えているようなものだ。

恐れた通り、暁美の目が喜悦に輝いた。

「烏森が殺されたんですね」

渡瀬が今にも怒鳴りそうな形相でこちらを睨みつけている。情けないことに古手川は返事に窮する。

「アリバイを確認しているのは誰かが殺されたからですよね。殺されて、わたしに疑いがかかるような人間は烏森しかいない。そうですよね」

違うとは言えない。だが黙っていては肯定と受け取られかねない。

進退窮まったところで渡瀬が間に割って入った。

「越田さん」

低く野太い声は暁美の顔色を変えさせるには充分だった。ひと睨みされて、暁美の顔に怯えが走る。

「こいつが言った通り、形式的は形式的です。窃盗にしろ傷害にしろ、犯罪捜査にはつきものの質問です。穿った見方はしなくてよろしい」

「でも」

「まだ質問に答えてもらってませんな。もう一度訊きます。あなたは十四日の午後十一時半から零時までの間、どこで何をしていましたか」

「い、家に一人でいました」

「証言してくれる人はいますか」

「いません」

「捜査へのご協力、感謝します」

渡瀬は踵を返すと、さっさと来た道を戻る。古手川は暁美に一礼して後を追うしかなかった。

覆面パトカーが住宅地を離れても渡瀬は無言のままだった。沈黙の重さに耐えきれず、古手川は恐る恐る口を開く。

「すいませんでした」

「謝るくらいなら、あんな醜態を晒すな。どこの世界に逆尋問される刑事がいるんだ」

返す言葉もなく、また古手川は黙り込む。

「言質が取られなかった分、まだマシだ。まあ十中八九バレているだろうがな」

「彼女、今回の事件に関与していると思いますか」

「まだ分からん」

渡瀬はそう答えると両目を閉じてしまった。古手川としてはこれ以上の失点を重ねないように己を律するしかない。

だが結果的に、渡瀬たちの配慮は水泡に帰すことになる。

翌々日の新聞で被害者が烏森であることが報じられてしまったからだ。

4

「クソッタレめ」

渡瀬はひと声吠えると、手にしていた〈埼玉日報〉朝刊版を机に叩きつけた。刑事部屋に盛大な音が響き渡るが、誰一人文句を言う者はいない。声の主が渡瀬ということもあるが、何より捜査員全員の思いを代弁していたからだ。

〈カエル男みたび　被害者は弁護士〉

トップを躍る見出しは必要最小限の文字数で最大限の効果を上げていた。記事では十四日の死体発見の状況と被害者の身元が明記されている。カエル男と烏森の名前が併記されたことで、次なる犠牲者が「キ」で始まる名前であろうことは誰にでも見当がついてしまう。捜査員たちの怒りはその一点に集約されている。

「いったい、どうやってネタを拾ってきたんですかね」

古手川は誰に言うともなく呟いたが、内心では既にある男の顔を浮かべていた。

尾上善二、〈埼玉日報〉社会部記者、綽名は〈ネズミ〉。どんな汚れた場所にも、どんな細い道にでも潜り込んで獲物を咥えてくる。前の事件ではカエル男に襲撃され、右後頭部損傷で髄膜を破損する大怪我を負っている。署名記事でもなく何の確証もなかったが、記事を読んでいるとあの貧相な顔が目の前にちらつく。

ネタ元にも凡その察しはつく。警察関係者でないとすれば烏森の身内かさもなければ越田暁美の知り合いの誰かだろう。

「ニュースで知られた以上、ネタ元がどこなんざどうでもいい」

古手川の思案を蹴り飛ばして、渡瀬は毒づく。言わんとしていることはよく分かる。次の犠牲者候補に上った者たちの不安をどうやって沈静化するかに重点が移っているのだ。

閉鎖された空間の中で恐怖が発生すると内圧が上昇していく。臨界点に達すると、ほんのわずかな衝撃で容れ物は破裂してしまう。

「でも班長。ネタ元が不明のままだと、またスクープされて捜査の障害になったりしませんか」

「〈埼玉日報〉に抗議しろとでも言うのか」

誤報でない限り、マスコミが何をどう伝えようが規制はできない。例外は誘拐事件の報道協定だが、それとて報道機関が自主ルールに基づいて敷く規制であって捜査機関が強制するものではない。

「分かっちゃいますけど、好き勝手されているみたいで嫌ですね」

「マスコミ対策は管理官や課長に一任すればいい。俺たちはカエル男を捕まえることに専念するんだ。それに、わざわざこちらから抗議に出向く必要もない」

最後の言葉の意味が不明だったが、さほど間を空けずにそれは判明することになる。


前回も前々回もそうだったが、カエル男の跳梁跋扈（ちょうりょうばっこ）は世間とマスコミを負の方向に刺激しやすい。〈埼玉日報〉がカエル男の復活と最初の犠牲者の名前をスクープした直後から全国紙を含む各報道機関が一斉に後追い記事を掲載した。

ただし今回の事件も多分にセンシティブな問題を内包しているため、ワイドショーやニュース番組では実状に沿ったレベルでは討論もできなかった。ただ過去にカエル男が起こした事件との比較、そして烏森彰人という弁護士がどんな事件を請け負ってきたかという事実の羅列に終始したのだ。

一方、腰の引けた既存メディアに対し、新興のネットメディアは放送倫理に囚われることなく番組を編成できる。古手川が見聞きしたものの中で最も攻めた内容と思えたのも、ネットの討論番組だった。

人気キャスターの司会に社会心理学者と精神科医、そして検察ＯＢの四人で話が進められるが、テーマは最初から精神障碍者の人権についてだった。

『〈埼玉日報〉のスクープによって殺人鬼カエル男の復活が報じられた訳ですが、正直またかという気持ちです。何故かと言えば精神障碍者の人権保護と犯罪抑止という社会正義の相克について、以前にもこの番組でお話ししたからです。数年経ってもわたしたちは同じ話をしている。ということはですよ。来年も再来年も同じ話をしているに違いないということなんです』

『つまりカエル男の犯行が続いても、その問題は一向に解決しないという現実ですね』

『ええ、触法精神障碍者（＊注）の犯罪については何度も法整備の必要が叫ばれているにも拘わらず、政府も国民党も左派の猛反対を予想して腰が引けている』

（＊犯罪を行いながらも刑事責任を問われない精神障碍者を指す。刑法第三十九条で無罪あるいは減刑判決を言い渡された者だけではなく、起訴前精神鑑定で心神喪失と判定されて不起訴となった被疑者もこれに含まれる）

『左派には弁護士出身の議員が多いですからね。人権が制限されるとなると、親の仇のように攻撃してきますからね』

『精神科医のわたしとしては、法整備には慎重であってほしいと考えます。そもそも精神疾患に関しては健常者と障碍者の境界が曖昧であり、下手な法整備は健常者を含めた人権侵害に発展する危険性を孕んでいます』

『確かに先生の仰ることには一理あると思います。しかしですよ、今回のケースでは殺害されているのが人権派の弁護士なんです。言い方が相応しいかどうか分かりませんが、精神障碍者の人権を主張するのであれば自らがその牙で嚙み殺されても文句を言うなという教訓ではないかと』

『いや、その発言はいかに検察ＯＢといえども死者への冒瀆と受け取られますよ』

『被害者を貶めるつもりは毛頭ありませんよ。ただ安全地帯からは何とでも言えるものですが、それは無責任な発言だというのを明確にしておきたい。そうでなければ、この討論も絵に描いた餅にしかならない』

　人権擁護の側に立つ精神科医と社会正義を主張する検察ＯＢの舌戦が続く。古くて新しい問題と言えば聞こえはいいが、結局は社会心理学者が指摘したように誰も徹底的に討論せず、決めなければならないことを後回しにしてきただけの話だ。これまで度々カエル男の暴力に痛めつけられてきた古手川は、ついそんな風に考えてしまう。

　討論が白熱したところで、社会心理学者が二人の間に割って入った。

『しかし先生。何人も人権は護らなければならないという憲法上の大前提がある一方、精神障碍者の犯罪があるのも事実です。殊に昨今は触法精神障碍者による再犯が頻発しています。先生はこの現実をどうお考えなのですか』

　問われた精神科医は返事に窮したように口籠る。番組を観ていた古手川は無理もないと少し同情する。実際に社会心理学者が言及した通りだからだ。

有働さゆりの犯行は言うに及ばず、二年前からその兆候はあった。

二年前の八月、アルコール依存症で入退院を繰り返していた五十五歳の男が大阪市此花区の大型リカーショップに放火した。店舗は全焼し店の主人と妻が逃げ遅れて焼死した。犯人は「酒さえなければ自分はまともでいられる」との強迫観念に駆られ、目についたリカーショップを燃やしてしまおうと犯行に及んだと言う。

昨年一月、医療刑務所から退所した三十二歳の男が、秋葉原を通行中の女性にいきなり襲い掛かり所持していた包丁で彼女をメッタ刺しにした。女性は救急車で運ばれたが車内で死亡。犯人の男は「今すぐ若い女性を殺さなければ暗黒の大王が降臨するという電波を受信した」と供述した。犯人の男は覚せい剤中毒で措置入院していたところ、前日に退院したばかりだった。

今年一月、買い物客で賑わう渋谷センター街に軽ワゴンが突っ込み、通行人数人を撥ね飛ばした。この事故で女性一名が死亡、他四人が重軽傷を負う。軽ワゴンを運転していたのは二十八歳の男で、以前傷害事件で逮捕されたが精神病質を認められ大幅に減刑されて釈放されていた。

類似の事件が続けざまに発生すると、当然のように世間やマスコミの耳目を集める。ニュース番組が派手な見出しとともに何度も特集を組むから、同様の事件が頻発しているように錯覚する者もいる。だが触法精神障碍者による再犯が増加傾向にあるのは事実だった。

精神科医が渋い顔で沈黙していると、場を持たせるためかキャスターが割り込んできた。

『ここに用意した資料は昨年法務局が公表した、全国の刑務所に収容されている受刑者に関する統計です。これによると、「精神障害を有する入所受刑者等の増加は知的障害以外の精神障害を有する者の増加によるものであり、特に神経症性障害を有する者の増加が顕著である他、同様に女性が急増している」とあります。また再入者率については知的障害を有する者（65.0％）・知的障害以外の精神障害を有する者（68.4％）のいずれも精神障害のない者（58.1％）よりも高く、再入者の前刑出所後の再犯期間が六カ月未満の者の割合も精神障害がない者に比べて高いことが指摘されています。つまり最近の触法精神障碍者による再犯が増加していることを数値で証明したものと言ってよろしいのではないでしょうか』

キャスターのダメ押しでますます劣勢に立たされた精神科医は、渋面のままようやく口を開いた。

『申し上げなければならないのは精神鑑定に対する基本的な態度です。いったん精神障碍者と判定された患者が犯罪を行うと、ほとんどの人は精神障碍が本人に犯罪をさせたと解釈します。しかし本当は元々の人格に基づく犯罪性向が強かったという可能性も否めません。精神障碍イコール再犯率の高さと決めつけるのは大変に危険であり、精神鑑定時には行為の判断が障碍によるものか元々の性格によるものなのかを吟味した上で、当事者の主張を整理することが必要なのです』

精神科医の言葉は至極真っ当に聞こえたが、真っ当であるがゆえに異常な事件を語るには説得力が欠けている。悪貨が良貨を駆逐するではないが、カエル男が暗躍しているような状況下で常識を唱えてみても皆の耳にはなかなか届かない。

古手川は虚しくネットを閉じた。


専従班とは言え、渡瀬たちもカエル男事件だけを追いかけている訳ではない。その日の午後、渡瀬と古手川は別件の逮捕状を請求するために地裁に向かっていた。

思えば県警本部庁舎を出た頃から嫌な予感がしていた。所謂虫の知らせというもので、碌でもないものと遭遇する予感だ。そして嫌な予感ほど的中する。

地裁の敷地内に足を踏み入れた瞬間、背後から声を掛ける者がいた。

「お疲れ様です。渡瀬警部」

卑屈に笑いながら近づいてきたのは〈ネズミ〉こと尾上だった。

「裁判所には逮捕状の請求ですか。もしやカエル男の消息が摑めましたか」

渡瀬は尾上を一瞥するだけで取り合おうとしない。一方、尾上は金魚の糞のように付き纏って離れようとしない。

「返事がないのは質問に対する肯定と受け取ってよろしいんでしょうか。機敏な渡瀬警部のことですから、犯人の身柄の確保は一両日という読みで間違いありませんか」

鬱陶しいことこの上ない。辛抱できそうにないので、古手川が二人の間に割って入る。

「おい、いい加減に」

「あなたに話していませんよ」

「しつこいぞ」

「あなたに訊いたところで面白い記事が書けると思っていません。それとも渡瀬警部並みに目端が利くようになりましたか」

尾上はこちらを小馬鹿にしたように言う。分かりやすい挑発だ。わざと相手を怒らせて口を滑らせる。古手川たちが尋問で使うのと同じ手法だ。

だが同じ手法であっても、性悪な分だけ尾上の方が格上だった。

「まっ、あなたに目端が利くとも思えないですねえ。そんなに賢い人だったら、前回前々回と満身創痍になるはずがない。計画性ゼロ、猪突猛進が推奨されるのはブラック企業だけですよ」

「そう言うあんただって相当痛い目に遭っただろう」

「これですか」

尾上は髪を掻き上げて自分の後頭部を晒す。殴打された痕が赤黒い傷になって残っている。

「ワタクシの場合は現場に近づき過ぎたための、名誉の負傷です。実際、労災が下りたのはもちろん社長賞までいただき、同僚や部下から尊敬を集めることができました」

「懲りないのは俺と同じじゃないか」

「とんでもない。ワタクシは取材対象に何の思い入れもない。あなたはそうじゃないでしょ、古手川さん。あなたは有働さゆりに」

尾上に皆まで言わせず、横から渡瀬の腕が伸びてきた。渡瀬に襟首を摑み上げられ、尾上は目を見開く。

「ちょっと警部。暴力はいけませんや。こっちも仕事でやってるんで」

「おい、ブン屋。手前ェの仕事ってのは若僧をおちょくることか」

「滅相もございません。ワタクシはただカエル男事件の続報を書きたいだけで」

口にしてから、しまったという顔をした。

「語るに落ちたな。やっぱり高速道路での事件をすっぱ抜いたのは手前ェか」

「さあ、何のことやら」

「大方、俺たちの動きを張って弁護士事務所まで尾行したってところだろう。後は事務員に訊けば被害者の特定は完了だ」

「そこまでご明察なら、いい加減この手を離しちゃくれませんかね。これは立派な取材妨害ですよ」

「襟が乱れているから直してやっているだけだ。しかし今、聞き捨てならんことを言ったな。取材だと。確かにやっているのは取材だが、その上に煽動が加わっている。烏森の身元を公表したら『キ』で始まる名前の人間がパニックになるのを見越した上でのスクープだろ」

「否定はしませんよ。新聞は社会の木鐸でございますから、警告を発するのも義務と心得ております」

「ふん」

渡瀬はぱっと手を離す。急に支えを失くした尾上は、そのまま地面に頽れる。

「警告ってのは対象者の安全を確保するためにするもんだ。お前のは違うだろ。お前は、普段取り澄ましているヤツらが不様に慌てふためく姿を高所から見物したいだけだろうが」

「……名誉棄損じゃないですか」

返事が一瞬遅れたのが悔しかったのか、切り返しに余裕がない。

「棄損できるような名誉もない癖に偉そうな口を叩くな。自分のしていることが名誉だなんて露ほども思ってないだろ」

渡瀬は間合いを詰めて尾上に迫る。渡瀬の顔を間近にして平気でいられる者は少ない。例に洩れず、尾上もいつものにやにや笑いを引っ込める。

「ワタクシたちには報道する権利が」

「メディアには報道しない権利もある。見聞きしたもの全てをただ拡声するのは公器と呼べん。ネットで欲求不満を吐き散らかしている馬鹿どもと大して変わらん」

渡瀬は相変わらず見下ろして喋っている。そろそろ尾上も立ち上がればいいものを、渡瀬と正面から向き合いたくないらしい。

「ネットの承認欲求亡者たちと同列に扱われるとはワタクシも堕ちたものです」

「堕ちたんじゃなくて、初めからそこにいただろ。もっともお前が承認欲求を満足させるために記事を書いているとは思っていない。ただ皆を嘲笑いたいだけだ。己自身も含めてな。その証拠に、あの記事には殺された烏森への同情が毛ほども感じられなかった。そればかりか触法精神障碍者の弁護を務めた経歴が得々と案内されていた。まるでカエル男に殺されたのは自業自得と言わんばかりの書きぶりだった」

「烏森弁護士は警察にとっても鬱陶しい存在でした。警部さんたちも自業自得だと思っておられたのではありませんか」

尾上は唇を歪めた。

「あなたは人権派の弁護士を疎なものじゃないとみていらっしゃる。いや、彼らばかりか世の中全般を疎でもないと思っていらっしゃる。その点はワタクシと同類ですよ」

「俺に妙なコンプレックスはない」

「どういう意味でしょうか」

「他人を嘲りたいのは、かつて自分が嘲られた覚えがあるからだ。正直に言ってみろ。お前はいつ、どんな理由で、誰に嗤われた」

ついと尾上は視線を逸らした。

「渡瀬警部。あなたは刑事よりもカウンセラーに向いていらっしゃるんじゃないですか。転職をお勧めしますよ」

「俺は警告してやっているんだ。何しろ親切だからな」

「何の警告ですか。まさか脅しのつもりですか」

「スクープを抜くのに気がいって手前ェの身辺には注意を払えていないようだな。前回、カエル男に襲撃されたことを思い出せ。どうして警察官でもないお前が襲われたと思う。それもただ襲われただけじゃない。ブロックで頭を叩き割られて陥没骨折している。相手は殺す気満々だった。何故かと言えば邪魔になったからだ。それ以外の理由はない。今回も同じだ」

　珍しく尾上の表情に怯えが走った。

「いいか、有働さゆりをそこらにいる凡庸な悪党と一緒にするな。彼女は目的を果たすためならブン屋の一人や二人を始末するなんぞ、蟻を踏み潰すくらいにしか考えていない。彼女には目的がある。それを邪魔しようとするヤツがいれば表情一つ変えずに排除する」

「ワタクシは邪魔したつもりなんかないのですが」

「次の標的を公表しちまっただろ。お前の目的は騒乱だが、向こうの目的は殺人だ。スクープが原因で狙った相手が警戒したり日本を逃げ出したりしたら計画が実行できなくなる」

「しかし、あの記事を書いたのがワタクシだと見当をつけられるのは渡瀬警部くらいですよ」

「そう思うのなら俺たちに近づかないことだ。向こうにこちらの面は割れている。付き纏っていたら、お前がスクープを抜いたブン屋なのは容易に察しがつく」

　尾上はもう言い返そうとはしなかった。地面に負け犬の視線を落としている。

「いいな。警告はしたぞ」

「警告だけですか。もし警部さんの仰ることが正しければ、ワタクシもカエル男の標的になっているかもしれませんよね」

「警察官が護るのは善意ある市民だ。意味は分かるよな」

言い捨てて、また渡瀬は歩き出す。尾上は追いかける気力もなくしたのか、こちらを見向きもしなかった。

「すみませんでした、班長」

「何がだ」

「俺、あいつの挑発に乗るところでした。その寸前で止めに入ってくれたんでしょう」

「そんなに大事にされていると思うか。買い被るな」

渡瀬は怒気を含めて言う。分かっている。渡瀬というのは、こういう男だ。

「尾上の話を聞いていたら、胸に刺さりました」

「別に神父の説教みたいな話はしていなかったはずだがな」

「烏森弁護士は警察にとっても鬱陶しかったという件です。俺も烏森のような人権派の弁護士が殺されるのは自業自得だと考えていた。だから胸に刺さって」

「何だ、そんなことか」

渡瀬は取るに足らないというように片手をひらひら振ってみせる。

「そんなことって言いますけど」

「お前の論法でいくと、美人を見て妄想しただけでセクハラと訴えられる。感情と行動は別物だ。どれだけ他人を憎もうが恨もうが、具体的な行動に移さない限り人は無辜でいられる。思うことと実行しちまう間には天と地ほどの差がある。だからこそ法律は思想を罰せず行為を罰するんだ」

　いつもながら渡瀬の話は簡にして要を得ている。お蔭で自分のような人間が聞いても、すとんと胸に落ちてくる。

「あのブン屋は無意識なのか意識的なのか、他人に対する悪意が文章に滲み出ている。新聞の読者に晒している時点で行為に及んでいる。だから危ない」

「さっき言っていた、カエル男の標的にされるかもって話ですか」

「標的云々の前に、カエル男の側に片足を突っ込んでいるという意味だ」

　渡瀬の声が一段低くなる。

「ホテルでの大量毒殺事件やら高速バスの爆破やらで、一見有働さゆりの犯行が派手になったように見えるが、実は最初の頃から本質的にはさほどの変化がない。この本質、お前にも見当がついているだろう」

　古手川の脳裏に犠牲となった人々の凄惨な有様が浮かぶ。

「人体への敬意のなさですか」

「それが元々の人格に拠るものなのか精神障碍に起因するものかは分からん。だが人体への敬意のなさと、ブン屋の冷笑気質は似ている部分が多い。似ているとな、時たま人と人は浸透圧を起こす」

浸透圧くらいは高校の化学で習ったから知っている。濃度の異なった二種類の液体を隣り合わせに置くと、お互いに同じ濃度になろうとする現象だ。

「尾上がカエル男の色に染まっていくって言うんですか。まさか」

「眉唾だと思うか。だがな、誰かの吐いた悪意に不特定多数が群がっていくのは、お前だって見聞きしているだろう。ＳＮＳじゃ日常茶飯事だ」

事件絡みでネットを覗くこともある古手川には頷ける話だ。どこかに叩きやすい対象を見つけるや否や、善男善女を自認する者たちが容赦なく悪意を放つ。それは、まるで最初の投稿者の悪意に感染し拡大していくような様子だ。

「どんな人間にも奥底には悪意が横たわっている。カエル男の行動はそういう悪意を目覚めさせる誘発力がある。そんな気がしないか」

有働さゆりを知り、それればかりか命のやり取りまでした古手川には理解できる部分とできない部分がある。安易に肯定してしまうことに躊躇を覚える。

「よく分かりません」

咄嗟に答えたものの、渡瀬には全てを見透かされているような不安がある。それを知ってか知らずか、渡瀬はこちらを一瞥しただけだった。

「分からないのならそれでもいい。いや、却ってその方がいい。人間、自分の理解が及ばないものには恐怖を抱くからな」

「逮捕する俺たちがカエル男を恐れちゃいけないでしょう」

「馬鹿。恐れなきゃいけないんだ」

矢庭に渡瀬の声が大きくなる。

「一度や二度接触しただけであの女を理解したと思うな。あの女のピアノに心酔したくらいで内面を知ったようなつもりでいるな」

「俺は、そんな」

「さっきもブン屋が言いかけたが、お前は有働さゆりを相手にすると羅針盤の調子がおかしくなる。無闇に距離を縮めようとするな。下手すりゃ今度こそ怪我じゃ済まなくなるぞ」

二
啄む

1

六月三十日午前十一時、深谷市西田。

西原は社用車から降り立つと、眼前に聳える廃墟を見上げた。

鉄筋コンクリート造六階建て、屋上には看板を兼ねた広告塔が屹立している。外観は一階部分の窓ガラスが割れているのと二階の北角が黒くなっているだけでさほど傷んでいないように見えるが、おそらく内部は壁が罅割れたり屋根が落ちたりと到底人が住めるものではないだろう。不吉にも上空では数羽のカラスたちが円を描いている。

最寄りの岡部駅からは徒歩で三十分以上。アクセスの悪さから、この辺一帯はクルマが主たる交通手段になる。この建物がラブホテルとして建てられたのは、そうした事情からだ。国道十七号線から眺めると広告塔のネオンが大きく目立つようになっている。

〈アイランド　フカヤ〉は八〇年代の中頃に開業し、二〇一六年六月に閉業となった。ホテルが廃れた事由はいくつかある。一つはインターチェンジ付近にできた新築ラブホテルに客が流れたことだ。築三十年も経てばどんな意匠も時代遅れになるが、風営法の関係で新規に届出を提出しなければ増築も改築もできない。収益が見込める物件でない限り、リニューアルは難しい。

二つ目の理由は火事だった。閉業の前年、煙草の不始末が原因で二階の角部屋から出火した。幸い延焼は免れたものの、その頃ホテル側には改修費を捻出する余裕もなく放置するより他なかった。焼け跡を晒すホテルを利用したがるような物好きはおらず、当然のごとく客足はぴたりと止まった。

こうして〈アイランド　フカヤ〉は閉業の憂き目に遭ったが、何の因果かホテルに纏わる悪評はその後も続く。お馴染みの幽霊騒ぎだ。出火した部屋に泊まっていたカップルが黒焦げの姿で現れるとか、夜な夜な広告塔から老婆が見下ろしているとかの噂が立ち、遂には心霊スポットに指定されてしまった。心霊スポットになってしまえば特殊なマニア以外は近寄りもしなくなる。かくて〈アイランド　フカヤ〉はすっかり人の足が遠のいた。

人の出入りが途絶えると、代わりに集まりだしたのが鳥獣の類だ。特にカラスの増え方は異常とも呼べるくらいで、朝夕は鳴き声で寝ていた赤ん坊も起きるほどだった。糞害も許容できるレベルをとうに超え、周辺の田畑は惨憺たる有様になっている。

ラブホテルの管理を任されている〈日野ビルメンテナンス〉でもこの物件を持て余していた。オーナーとは連絡がつかないので取り壊しの目処さえ立たない。もはやカラスの塒と化した廃墟はご近所トラブルのデパートとなり、市役所に寄せられた苦情がそっくりそのまま管理会社に丸投げされるという状況だった。

「家や愛車の屋根がフン塗れだ。どうしてくれる」

「カラスの鳴き声がひど過ぎる。テレビの音も聞こえんぞ」

「廃墟が不良どもの溜まり場になっている。何とかしてくれ」

「またカラスの数が増えた。夕方なんて建物の上空がカラスで真っ黒になっている」

市役所から苦情を伝えられたら管理責任者として無視もできない。かくして担当者である西原が現況調査に訪れたという次第だ。

西原は廃墟の屋上に目を向ける。まだ昼前だというのに、広告塔の天辺(てっぺん)はカラスの群れで黒い増築部分のように見える。おそらく内部には数倍数十倍のカラスが潜んでいるのだろう。

自分に課せられた仕事は廃墟に巣食うカラスの実態報告だった。周辺の生活環境に影響が及ぶようであれば、市の農林振興課に実状を説明してカラスの捕獲許可を申請する。申請が下りれば狩猟者登録を持つハンターに依頼して駆除してもらう流れだ。

西原はマスクを着用した後、懐中電灯を手にホテル正面の玄関ドアを開ける。鍵はとっくに壊れている。閉業した後に何者かによって破壊されたらしいが、盗(と)られるようなものもないので放ったらかしになっている。

予想した通り、館内はカビと鳥獣、そしてフンの臭いが充満していた。事前にマスクをしていた自分を褒めたくなったが、異臭が目に刺さったのですぐに撤回した。ゴーグルも用意するべきだったのだ。更に言えば靴も履き替えるべきだった。床には埃(ほこり)とフンと羽根が堆積して層をこしらえている。

壁と言わず床と言わず雨水の浸食が著しい。中の鉄筋が錆びたために膨張し、壁の至るところが罅割れている。中には天井の落ちた箇所もある。

だが、不思議なことにカラスの姿は見当たらない。塒にしているのだから一階フロアにも群棲しているものとばかり思っていたが、どうやら当てが外れたようだ。

二階三階と回ってみるが、どこも同じだった。今にも物陰から飛来しそうな雰囲気を醸しながらも、カラス本体は一羽も見かけない。

では屋上なのか。広告塔の上にはずらりと黒い影が並んでいたではないか。

正直、鳥類は好きではない。特にカラスは不気味だと日頃から嫌っているが、彼らの居場所が気になって仕方がない。

四階からは一気に屋上へと階段を駆け上がる。屋上へのドアも例に洩れず鍵が壊されていた。ドアを開けると想像以上に異様な光景が広がっていた。

群れ集うカラスで足の踏み場すらなかった。思わず西原は後ずさる。一歩踏み出した瞬間に襲撃されそうな気がした。おそらく館内に巣食うカラスのほとんどが屋上に集まっているのだろう。

しかし何故だ。西原は中央に聳え立つ広告塔に視線を移して啞然とした。

下から見上げた時には分からなかったが、広告塔からは群れが溢れんばかりだった。離れていても中で無数のカラスが押し合いへし合いしている音が聞こえる。

がさがさがさがさ。

がっがっがっがっ。

間違いない。広告塔の中に巣のようなものがあり、あぶれたカラスがその周囲に屯（たむろ）しているのだ。

あの中はどうなっているのか。見ずには済ませられない。西原の警戒心は好奇心に凌駕（りょうが）されていた。

一歩踏み出してみると、カラスたちは人馴れしているのか飛び立ちもせず道を空けてくれる。それでも西原はおっかなびっくりで歩み続ける。不意にヒッチコックの有名な映画を思い出した。

広告塔に近づけば近づくほど不気味な物音が大きく聞こえてくる。羽ばたきに紛れているのは明らかに捕食の音だ。

ずずずっずずずっずずずっ。

広告塔は四枚の壁で構成され、制御盤を操作するために中は空洞になっている。屋根がないので巣を作るには理想的な条件と言える。

腕をいっぱいに伸ばして扉のノブに手を掛ける。何があっても距離を確保できるはずだった。

扉を開けると、中には黒い塊が蠢（うごめ）いていた。

カラスでできた巨大な蓑虫（みのむし）。

西原の気配に気づいたらしく、中のカラスたちが一斉に飛び立った。

数十とも数百ともつかないカラスの群れは土砂崩れのように西原を襲う。充分に距離を取っているつもりだったが、勢い余って三歩後ろによろけた。

カラスが飛び去った後には、彼らが啄（ついば）んでいたエサの骸（むくろ）が残されていた。

中央に直立した杭（くい）にエサが括（くく）りつけられている。着衣は申し訳程度に垂れ下がり、露出した部分は皮膚も筋肉も脂肪も食い散らされている。顔は柔らかな箇所からこそげ取られて骨が覗いている。眼球は両方とも失われ、眼窩（がんか）が虚（うつ）ろを晒している。

それは紛れもなく人体だった。

西原はひと声呻いてから、すとんと腰を落とす。

一陣の風が吹き、カラスの羽根とともに一枚の紙片を足元に運んできた。

がっこうでしょくもつれんさをならったよ。よわいどうぶつはつよいどうぶつにくわれる。
かえるとあそんでいたらからすがみていた。かえるをたべたいのかな。
からすにかえるをあげてみよう。

＊

深谷署から第一報がもたらされると、渡瀬と古手川は現場に急行した。先遣された機捜は死体の状況と稚拙な犯行声明文からカエル男の犯行と判断したらしい。

猟奇的な死体と犯行声明文さえあれば全てカエル男の仕業なのかと古手川は呆れたが、死体を目の当たりにすると納得するしかなかった。

杭に縛り付けられていたという死体は白骨に近い状態だった。しかし自然に朽ちて白骨化したのではなく、無数のカラスによって食い荒らされた後だった。そのため露出している骨にはまだわずかに組織が残っており、フンの臭いと混ざり合って目に痛いほどの腐臭を撒き散らしている。

「令和の時代に鳥葬とはな」

仮設されたブルーシートのテントの中で検視が行われている最中、渡瀬は舌に乗せたものが不味そうな顔をしていた。

「何ですか、鳥葬って」

「古来からチベット仏教に伝わる、葬儀の一種だ。死んだら亡骸は魂の抜け殻に過ぎない。それを天に送り届けるための方法で鳥に食わせるのは単なる手段に過ぎない」

「鳥は神の使いということですか」

「チベット高地じゃ大きな木が生えないから、大量の薪が要る火葬は実状に合わない。だったら鳥に食わせりゃ一石二鳥だからな」

　渡瀬は足元に散らばる黒い羽根を爪先で払う。

「ここを根城にしているのは肉を好物とするハシブトガラスだ。カラスってのは腐肉を漁るイメージが強いが、実際には新鮮な死骸を選んでいる。上空から見下ろしたら活きのいいエサが縛られてもぞもぞ動いている。カラスたちにとっちゃ滅多にないご馳走に見えただろうな」

　ぎょっとした。

「生きたまま食われたって言うんですか。まさか、そんな」

「カエル男が、苦痛なしに殺すような慈悲深いヤツだと思うか」

　切り返しを思いつけずにいると、テントの中から検視官が姿を現した。顔色が優れないのは検視が不首尾に終わったせいだろうか。

「あれは駄目ですよ、警部」

　検視官は渡瀬の横に立つと、電子タバコを咥えた。

「ちょっと失礼します」

　ベイパーの香りで死臭を掻き消しているのか、一服した後の検視官はわずかに口元を緩ませた。

「不甲斐ない話ですが、死体はこのまま法医学教室に運んでください」

「あんたの見立てではどうなんだ」

「体表はあらかた食われて外傷の有無さえ不明です。全ての臓器が啄まれてほんの一部しか残っていない。分かるのは骨盤の形状からどうやら女性であるらしいことくらい。検視で死因を探るのは難しいですね」

「他にも何かしらあるだろう」

「頸部に食い残された部分があって、火傷の痕が確認されています」

古手川の脳裏に第一の事件で使用された手口が即座に思い浮かぶ。

「スタンガンか」

「形状からその可能性が極めて濃厚です。あまり考えたくないですが、スタンガンを使用したのはその場で殺害する気がなかったからでしょう」

「気絶させた状態で杭に括りつけておき、後はカラスが突くに任せるか」

「足元に猿轡に使ったと思しき布切れが落ちていたそうです」

検視官は話すのも億劫そうだった。

「生きながらにして目玉をくり抜かれ、少しずつ皮膚や肉を啄まれる心持ちというのは、いったいどんなでしょうね。想像するのも憚られます」

「このラブホは野中の一軒家で六階建ての屋上、しかも広告塔の壁に仕切られて上からしか声が洩れない。運よく猿轡が外れたとしても、叫び声は誰の耳にも届かなかっただろうな」

「人間の所業とは思えませんね」

「こんなことをするのは人間しかいない」

「ははは、そうですよね」

六月だというのに、検視官は寒そうに両肩を抱く。

「腸内温度を測ろうにも腸がない。角膜の混濁具合を調べようにも眼球がない。死斑を見ようにも皮膚がない。情けないですけど、わたしができる仕事はあまりありませんでした」

「ご苦労さん」

渡瀬に労われると、検視官は含羞の笑みを浮かべて敷地の外へ出ていった。入れ替わるようにして鑑識係が証拠袋をぶら下げてきた。

「遺留品、少ないです」

申し訳なさそうに差し出した遺留品を渡瀬と古手川が確認する。上着と下着の残骸、猿轡に使ったと思しきタオルの切れ端、靴、ベルト、札入れ、そして例によって稚拙な犯行声明文。

「スマホケータイは見当たりません。しかし札入れの中には各種カードと運転免許証が入っていました」

鑑識係は透明のポリ袋を差し出した。中には褐色になった血と埃で汚れた免許証が入っている。氏名と住所が何とか読み取れる。

氏名　木嶋鈴里
住所　さいたま市大宮区桜木町〇―〇

「それから、これは上着の襟にあったものです」

別の袋に入っていたのは外側に向日葵(ひまわり)、中央に秤(はかり)を配した意匠のバッジだった。

似たバッジはあまり見かけない。向日葵は正義と自由を、秤は公正と平等を意味する。正真正銘の弁護士バッジだった。

袋を受け取った渡瀬は裏返してみる。弁護士バッジは裏に登録番号が刻印されている。登録番号は一人に一つきりなので登録番号で弁護士が照会できる。早速古手川がスマートフォンで弁護士会のサイトを開く。バッジに刻まれた登録番号で検索すると、確かに木嶋鈴里の名前がヒットした。

「キ」で始まる名前。やはり規則正しさを好むカエル男の仕業らしい。

「どうやらホトケは木嶋弁護士とみて間違いなさそうですね」

話し掛けても渡瀬は黙りこくっている。知らない者が見れば今にも人を殴りそうな形相だが、実は何かを考えている時の顔だ。

「班長。知っているんですか、木嶋弁護士を」

「知らないお前の方がどうかしている。烏森と同じく人権派を標榜している弁護士の一人だ」

古手川は続いて木嶋鈴里個人のSNSを検索する。本人名義のインスタグラムと事務所名のSNSがヒットした。SNSの自己紹介には何とかつて自分が手掛けた事件が明記されている。

「勝訴した事件を自慢たらたら紹介に載せている弁護士がいるんですね」

「普通はやらん。その自己紹介だけでお里が知れる」

渡瀬の口ぶりから、尊敬できないタイプの弁護士であるのが察せられる。

「烏森弁護士と同じ人権派なら、それが犠牲者選びの条件かもしれませんね」

我ながらなかなかの着眼点だと意気込んだが、何故か渡瀬の反応は鈍い。鬱陶しそうに古手川をひと睨みするとすぐに視線を戻した。

「たったの二例で共通点を探るな。サンプルが少な過ぎる」

「ですが」

「はっきりしていることは一つ。カエル男はジェンダー平等を実践している。被害者が男だろうが女だろうが関係ない。昨今の時流に沿った心掛けじゃないか」

笑えない冗談だが、何か誤魔化された感が拭えない。古手川の不審をよそに、渡瀬はくるりと踵を返す。

「バッジだけじゃ、とっかかりにしかならん。鑑識を連れていくぞ」

行き先は訊かずとも分かっている。木嶋弁護士の自宅と事務所だ。

昼の時間帯で家人が在宅している確率は低いので、先に事務所に向かう。調べてみると烏森と同じく事務所は浦和区内にあるが、裁判所からは離れた場所だった。

雑居ビルの四階、それもフロア全部ではなく一室のみのこじんまりとした事務所だ。応対に出た中年の男性事務員は、渡瀬たちと鑑識係を見て大層驚いた様子だった。

「木嶋先生はいらっしゃいますか」

渡瀬の顔が恐いのか事務員はしどろもどろに応える。

「まだお見えになっていません」

「他に立ち寄る予定でもありましたか」

「いえ。実は先生と連絡がつかず、わたしもどうしたものかと」

「最前、木嶋先生と思しき女性の死体が発見されました」

渡瀬が採取した弁護士バッジの写真を提示すると、見る間に事務員の顔色が変わった。

「そんな馬鹿な」

「馬鹿な話で済むことを期待して捜査にご協力ください」

早速、鑑識係の面々が事務所に雪崩(なだれ)れ込む。事務員は目を白黒させているが、邪魔になるので応接室で話を聞くことにした。事務員は副島(そえじま)と名乗った。発見された死体について詳細を聞きたがったが、まずは渡瀬からの質問が先だ。

「木嶋先生はスマホをお持ちでしたか」

「クライアントとの打ち合わせやスケジュール管理に必要なツールですからね。肌身離さず持っていました」

「今日、副島さんから連絡しましたか」

「ええ。出社時間を過ぎてもいらっしゃらないので電話とメールを数回繰り返しました。しかし返事もなく既読もつきませんでした」

スマートフォンの類は現場で見つかっていない。途中で紛失したか、犯人に持ち去られたかのいずれかだろう。

「木嶋先生の昨日の行動を教えてください」

「午後の法廷に出た後は、事務所に戻って資料を確認されていました。夕方に新規のクライアントと面談し、夕方六時を過ぎて退社されました」

副島は壁に掛かった予定表を指差す。二十九日のスケジュールは確かに彼の言った通りの内容で埋められている。

「本日は十時から出廷の予定が入っています。それなのに先生からの連絡がないので焦っていたのです」

何の理由もなく出廷をすっぽかす弁護士はいない。やはり死体は木嶋弁護士なのだろうと思われる。

応接室の壁には新聞の切り抜きがパネルに収められている。確かめてみるとＳＮＳの自己紹介欄に記載されていた事件の記事だった。店を紹介した番組や雑誌の写真を掲示する飲食店のような振る舞いに、古手川は呆れてしまう。

「あの、本当に木嶋先生は殺されたのでしょうか」

「事故や自殺ではなさそうです。先生は誰かから恨まれたりしてませんでしたか」

「この仕事は感謝される一方で恨まれるものです」

「それはそうでしょうが、相手は弁護士です。恨むだけならともかく実行に移せば訴えられて返り討ちに遭う羽目になりかねない。恨まれているという実感はどこからですか」

「嫌がらせ電話です。電話を取るのは大抵わたしですから」

副島は陰鬱な表情で答える。渡瀬とのやり取りを聞く限りでは客あしらいが不得手な様子で、相手の悪意を正面から受け止めてしまうタイプなのだろうと思った。

「嫌がらせは先生の弁護方針についてですか」

「クライアントが精神障碍者の事件では、決まってかかってきます。負けた裁判でもそこそこ迷惑をしていますが、勝った時には五倍から十倍の頻度でした。仕事にならないので電話のケーブルを引き抜いたこともあるくらいです」

「最近、そういう嫌がらせはありましたか」

「今年に入って刑法第三十九条絡みの案件を受任していないお蔭か、めっきり数は減りました。それでも定期的にかけてくる人もいますけど」

「人権派と標榜されていたようですね」

「日弁連のホームページには、弁護士の存在意義を『基本的人権を擁護し、社会正義を実現することを使命とする』と明示しています。木嶋先生だけが殊更人権擁護を叫んでいる訳ではありません。およそ弁護士たるもの、クライアントの基本的人権を護ろうとするのは当然のことです」

「しかし依頼人が触法精神障碍者となれば弁護士の中からも異論が出てくる。同列に謳われている社会正義の実現との間に矛盾が生じますからな」

副島は痛いところを突かれたように顔を顰める。

「何が仰りたいのですか」

「以前、木嶋先生は触法精神障碍者の弁護をされて無罪判決を勝ち取った案件がありましたね。反響はいかがでしたか」

「最悪でしたね。嫌がらせ電話はもちろんですが、偏向したマスコミからの誹謗中傷もひどかった」

「一番ひどかったのは個人ですかマスコミですか」

「さすがにマスコミは悪口の言い方も巧みで、訴訟されるような物言いは上手く避けます。先生が真剣に訴訟を検討するケースは個人の一件きりでした。帰宅途中の先生を捕まえて、難癖をつけてきたんですよ。幸いわたしが同行していたので大事には至りませんでしたが、もし先生お一人だったら刃傷沙汰になっていたかもしれません」

「いつ頃の出来事ですか」

「もう半年以上前、昨年の暮れになりますか」

渡瀬は木嶋弁護士をつけ狙っていた人物の素性を訊き取ると、もう用はないとばかりに席を立った。

渡瀬と古手川が立ち去った後も鑑識の作業は続き、結論を言えば事務所の洗面台から採取された毛髪が鳥葬死体のそれと一致し、被害者は木嶋鈴里と特定された。

2

木嶋鈴里弁護士を一躍世間に知らしめたのは、人権派という美名ではなくむしろ汚名だった。

七年ほど前、都内で女児の誘拐事件が発生した。公園で遊んでいたところ、大人が目を離した隙に連れ攫われたのだ。若い夫婦が警察に行方不明者届を提出した翌日、ふたりの願いも空しく女児は死体で発見された。

警視庁の捜査で容疑者はすぐに逮捕された。容疑者は山辺(やまべ)時雄(ときお)、精神疾患を患い通院中の三十一歳だった。

女児の死体からは本人の指紋と体液が採取され山辺の容疑は決定的となる。起訴前鑑定の段階では、充分に責任能力が問えるという診断がなされたため、検察も起訴に踏み切った経緯がある。この時、山辺の弁護側に立ったのが木嶋鈴里弁護士だ。

ところが公判が始まってみると、木嶋弁護士は山辺の生活記録から再度の精神鑑定を申し入れる。新たに駆り出された鑑定医は山辺を統合失調症と診断、幻覚や妄想に支配された状態で犯行に及んだとして責任能力はないと結論づけた。

　検察側と弁護側の意見が真っ向から対立する中、木嶋弁護士が裁判員たちに放った弁舌が世間の耳目を集めた。

「あなたたちは女児を殺めた被告人を断罪しようとしているが、死刑だって人を殺す制度です。つまり死刑判決を下すのは、あなたたちが被告人と同じ行為をすることなんですよ」

　個別の事案に対して死刑廃止論を展開するという、傍目からは噴飯ものの主張だったが、これに六人中四人の裁判員が怯んだ。四人の中の一人は判決言い渡しの直後、心情を吐露した。

「だってあの弁護士、お前たちは人殺しだっていう目でこちらを睨んでくるんです。本当に怖かった」

　かくして刑法第三十九条の適用が認められ、山辺は無罪となった。番狂わせに戸惑いを隠せなかった検察側が直ちに控訴するものの、高裁はこれを却下し、無罪判決が確定した。女児を殺された遺族側にしてみれば最悪の結果だったと言えよう。

　だが本当の最悪はその後にやってきた。医療施設に入院していた山辺は数年間の治療生活の末、医師から「寛解状態である」と診断される。そして退院した二日後、再び事件を起こした。下校中の谷崎亜弥ちゃん六歳を連れ去り、凌辱した挙句に絞殺したのだ。

世間から憤怒と懐疑の炎が燃え上がった。

何故、同様の事件が続けざまに起こらなければならなかったのか。

山辺に刑法第三十九条を適用したのは間違いではなかったのか。そもそも山辺は本当に心身喪失していたのか。

木嶋弁護士は山辺の本性を知っていながら弁護したのではなかったのか。それも山辺を救うためではなく、己の功名心を満たすためだけではなかったのか。

山辺と木嶋弁護士、加えて裁判所に非難が集中する中、雑誌のインタビューに答えた谷崎亜弥ちゃんの母親のひと言が静かに炸裂（さくれつ）する。

「最初の事件で山辺が有罪になっていれば、あんなバケモノを簡単に社会復帰させなければ亜弥は殺されずに済んだんです」

母親の悲愴（ひそう）な叫びに対し人権派を標榜する弁護士からは「被害者感情に審理がねじ曲げられてはならない」とか「被告人の人権が護られてこその民主主義である」とかの見当違いなコメントが出されたが、逆効果にしかならなかった。

極め付きは木嶋弁護士の談話だった。

「今回の山辺容疑者の犯行について、わたしは弁護人ではありませんので何のコメントもできかねます」

内容自体は形式的で当たり障りのないものだったがタイミングが悪過ぎた。世間やマスコミからは非難囂囂となり、彼女には「人でなし」やら「悪辣弁護士」やら、果ては「女御子柴礼司」などという悪口が寄せられた（もっとも当の御子柴弁護士は「自分が悪辣なのは認めるが、刑法第三十九条を切り札に使うような無能と一緒にするな」と立腹していたらしい）。

木嶋弁護士の談話は火に油どころかガソリンを振りまく結果となり、世論はより尖鋭化した。

「あんなバケモノを無罪にしたのが、そもそもの間違いだった」

「有罪にして拘置所に収監しておけば亜弥ちゃんの事件は決して起こらなかった」

母親の無念を代弁、あるいは増幅するかたちでバッシングが高まる中、木嶋弁護士への弁護依頼は激減し、評判もガタ落ちする。木嶋弁護士の鳥葬死体が発見されたのは、その半年後だった。


山辺事件と、その後のひと悶着について調べ終えた古手川は複雑な思いに駆られた。

いったんは心神喪失と診断されたバケモノが、再び世に放たれて犯罪を繰り返す。山辺時雄の物語は、そのまま有働さゆりの姿に重なるのだ。言わば心神喪失者を有罪判決から救った弁護士が、今度は別の心神喪失者に殺されたのだから皮肉としか言いようがない。

『あんなバケモノを無罪にしたのが、そもそもの間違いだった』

世間から放たれた罵声が現実の暴力となって木嶋弁護士を襲った。カラスたちの嘴に啄まれながら、彼女はいったい何を考えたのだろうか。

「自業自得だとでも思ったか」

パソコンを覗いている背中越しに声を掛けられ、古手川はびくりと肩を上下させた。

「班長」

ただでさえ渡瀬の声は低く、いきなり背後から話し掛けられるのは心臓に悪い。

「半年も経てば胡散臭いデマや感情論も影を潜めるが、それでもネット発の情報は偏向しがちだ。注意しないと引き摺られるぞ」

「何に引き摺られるって言うんですか」

「先入観だ。あいつは殺されて当然の人間だとか、あの犯人ならこうするだろうとかの思い込みは捜査の邪魔にしかならん」

「しかし班長、たとえば烏森弁護士にしても木嶋弁護士にしても共通点は少なくないですよ。共通点があれば、それを捜査の突破口にするのは常道じゃないんですか」

「相手は有働さゆりだぞ。そこらの事件と一緒にするな」

有働さゆりの名前を聞いた瞬間、古手川の中で警報が鳴り響いた。

「徒に共通点を集めようとするな。有働さゆり以外の人間が便乗している可能性も捨てきれない。仮に彼女の仕業であったとしても常人の理屈が通用しない犯人だ。通常の思考に雁字搦めにされると、有働さゆりを見逃す羽目になるぞ」

そうだ。

相手は自分の肉体と精神に大怪我を負わせたバケモノだ。普通の物差しで測っていたら、また怪我をさせられかねない。

「ようやく、しゃきっとしたか。じゃあ、行くぞ」

それだけ言うと、渡瀬は踵を返してジャケットを羽織る。

「どこですか」

「安西(あんざい)家。山辺時雄に最初に殺された女児の遺族だ」


和光市の駅前はベッドタウンという位置付けのせいか、やけに居酒屋が多い。笹目(ささめ)通り沿いに進むと、ようやく新しい住宅街が見えてくる。

安西家はこの一角にあった。既に訪問の約束を取り付けており、家には安西景織子(きょうこ)が古手川たちを待っていた。

「安西景織子です」

見れば渡瀬は頭を下げたついでに土間を一瞥したようだった。

二人を居間に通すと景織子は深く頭を下げた。彼女こそが半年以上前、帰宅途中の木嶋弁護士を捕まえて難癖を吹っ掛けた人物だった。

居間の隅には仏壇があり女児の遺影が飾られている。古手川が挨拶している間に、渡瀬は仏壇の前で手を合わせていた。凶悪な面構えに反して、こういう神経の細かさがいかにも渡瀬らしい。

「生きていれば、梨華は今年中学でした」

景織子は過去形で話し始める。渡瀬は相手をしてやれと顎で指図する。文字通り死んだ子の歳を数える話なので、古手川は空しい気分で耳を傾けるしかない。

「友だちを作るのが上手で、いつも誰かしらと遊んでいました。この辺りは新興住宅地だったので同い年の子どもが多かったんです」

「公園で遊んでいた時も友だちと一緒だったんですか」

「わたしはパートがあったので他の子のお母さんが見てくれていたんです。でも、ほんのちょっと目を離した隙に」

「警察にはご夫婦で届け出されたんですよね」

「梨華が行方不明だと聞かされて、職場の夫にすぐ連絡しました。二人で夜中まで捜したんですけど見つからなかったので、近くの交番に駆け込んだんです」

「ご主人、今日はお勤めですか」

どうせなら一緒に話を聞きたかった程度の意味だったが、景織子は更に空しくなる答えを口にした。

「主人とはずっと別居中です。梨華が攫われたのはお前がパートなんかしていたからだって喧嘩になって、それっきりです」

「パートをしていたのは家計のためでしょう」

「目的がどうであれ、結果的に娘の育児を放棄したことに変わりはないって。分かってるんです。あの人も、梨華が攫われた責任を誰かに押し付けないと、怒りの持っていきようがなかったんでしょう。でも、わたしだって梨華があんな目に遭って辛かった。その辛さを知ろうともしない主人と一緒にいるのは苦痛でした」

　別居は夫婦にとって離婚を避けるための次善の策だったという訳だ。しかし別居しているのなら二人を繫ぎ留めているのは戸籍でしかない。要は家庭崩壊が緩やかかそうでないかの違いだ。

「でも別居するのも善し悪しでしてね。一人でいる時間が多くなるから、どうしても梨華のことを思い出しちゃうんです。想像もします。あのまま育ったらどんな娘になっていただろうとか、中学の制服は似合ったのかなあって」

　喋り続ける景織子の目が次第に焦点を失っていく。まずいと思った古手川は、彼女の意識を現実に戻そうとした。

「木嶋弁護士の事件をご存じですか」

　途端に景織子の目が昏く輝き出す。

「ニュースで知りました」

「以前、帰宅途中の木嶋弁護士を問い詰めたことがありましたね」

「当然の抗議でした。あの弁護士、死体で発見されたそうですね。やっぱり殺されたんですか」

報道では廃ビルの屋上で発見されたとしか発表されていない。ここで捜査する側が事件であることを告げる訳にはいかない。

「事件と事故の両面で捜査しているところです」

「嘘。発見場所は心霊スポットになっている廃ビルの屋上なんでしょう。自殺するにしても、飛び降りるのならともかく毒でも呷(あお)るんですか。不自然です。殺されたのなら分かりますけど」

確かにあの状況で自殺というのは無理がある。渡瀬の顔色を窺うと、仕方がないというように小さく頷いていた。

「今、やっぱりと言いましたね。木嶋弁護士が殺害されるのを予測していたようなものの言い方でしたが」

「あんな女、人の恨みで殺されて当然でしょ」

景織子は至極当然といった口調で言い放つ。

「あんな女、ですか」

「ケダモノを野に放った張本人です。そんな女、ケダモノに食い殺されれば本望でしょう」

どきりとした。木嶋の最期がカラスに食われるという、まさにその通りの死にざまだったからだ。

「お巡りさんの前でこんなことを言うのは躊躇いがありますけど、世の中には死んだ方が人の為になるヤツがいるんです。木嶋がそういうヤツの一人です。お巡りさんは、そう思ったことがありませんか」

いきなり訊き返されて意表を衝かれた。

言下には否定できない。今まで遭遇した犯人の中には同じ人間とは思えない者が少なからず存在する。欲得ずくで恨みもない被害者を手に掛ける者、およそまともとは思えない動機で犯行に走る者、バケモノとしか形容できない多くの犯罪者を知っている。

「個人的な感情は捜査の妨げになります」

狼狽(うろた)えながらそう答えるのが精一杯だった。

「それって、つまり個人的には憎んでも余りある犯人がいるってことですよね。刑事さんがそんな風に思えるのなら、被害者遺族はそれ以上なんです」

この場で加害者厳罰論を戦わせても意味がない。古手川は形式的な質問に切り替える。

「二十九日の夕方六時から終日にかけて、どこにいらっしゃいましたか」

「パートは六時で終わりました。真っ直(す)ぐ帰宅しましたけど、お話しした通り一人住まいなので、証言してくれる人はいません」

質問内容を先回りされると、こちらの考えが見透かされているようで面白くない。

自分にとって不利な情報を先に開示するのは、犯罪に加担していないからに決まっている。

そう判断しかけた時、渡瀬の不機嫌そうな顔が視界の隅に入ってきた。

『思い込みは捜査の邪魔にしかならん』

先入観は禁物、か。

「証言してくれる人がいなくても構いません。帰宅してから就寝されるまでを全部教えてくれませんか」

「家事をして、入浴して、テレビを観ていただけです」

景織子の口調にわずかな動揺が認められた。

「観ていたテレビ番組も教えてください」

「そっ、そんなのいちいち憶(おぼ)えていませんよ。色々とチャンネルを替えてたから。いくら捜査だからって、そこまでプライバシーを侵害する権利はないでしょう」

堤(つつみ)に綻びが見えてきた。もうひと押し、というところで渡瀬が口を開いた。

「今のところ、お訊きするのはここまでです。捜査へのご協力を感謝します」

そう告げるなり、渡瀬は腰を上げて玄関に向かう。古手川は質問を中断して後を追うしかなかった。

「彼女、もう少しでガードが下がっていましたよ」

安西家を後にした古手川は不満たらしくこぼしてみせる。だが渡瀬は眉一つ動かさなかった。

「ガードが下がったからどうした。矢継ぎ早にあの母親が返事に窮するような質問を用意していたか。即座に自供を引き出せる自信でもあったのか」

「いえ。それはないです」

「死体は皮膚と言わず内臓と言わず、死因を暴ける部位のほとんどをカラスに食われている。野原の中に建っている廃ビルで防犯カメラもなければ目撃者もいない。現状、突けるのは関係者のアリバイと下足痕だけだ」

下足痕。それで渡瀬は安西家の土間を観察していたのか。

「土間にあったのはパンプスとサンダルだけだった。どちらにしても犯行に使えるような代物じゃないし、さほど汚れてもいなかった」

死体発見場所は泥とカラスの羽毛で足の踏み場もなかったのを思い出した。

「犯行時に履いていた靴は下駄箱に仕舞っているかもしれないじゃないですか」

「無理に下駄箱を開けさせるほど容疑が固まっている訳じゃない。そもそも下駄箱に仕舞っている時点で泥や羽毛は洗い流していると考えるのが妥当だ」

「いったい班長は誰を疑っているんですか。有働さゆりですか、それとも安西景織子なんですか」

「前にも言ったが、お前はカエル男が絡むと新人の頃に逆戻りをするきらいがある。焦るな」

渡瀬は半分眠っているような目をしている。考えごとをしている時の目だった。

「俺は関係者全員を疑っている。その中心に有働さゆりがいるってだけだ」

二人が次に向かったのは朝霞市根岸台にある谷崎家だった。この辺りは自動車関連や化学関連の工場や研究所が集まっている他、企業の物流拠点として倉庫群が形成されている。そうした大型施設の連なりを抜けると、ようやく住宅街が見えてくる。

谷崎家にいたのは、やはり母親の美登里だけだった。中に招き入れられるなり、古手川は渡瀬に倣って土間を観察する。女物のサンダルとスニーカー、それに男物の革靴が一足でいずれも爪先が少し汚れている。

「刑事さんが来られることは夫にも伝えたんです。でも、どうしてもシフトを替えられないからって」

ここでも質問役は古手川に任された。

「ご主人は引っ越し会社にお勤めでしたよね。今時分なら引越しの繁忙期から外れているんじゃないですか」

「シフトを替えられないのは、ただの言い訳です」

美登里は力なく笑ってみせる。

「刑事さんに会って事件のことを思い出すのが嫌なんです。そういう役目は全部わたしに押し付けて。男ってホントに勝手」

応接間はないらしく、古手川たちはリビングに通された。さすがに仏壇は設えてないが、女児を挟んだ夫婦のスナップ写真が飾ってある。女児が殺された谷崎亜弥ちゃんに相違ない。

「木嶋弁護士の事件をご存じですか」

「ええ、テレビのニュースで観ました」

「ご主人もですか」

「一緒にいましたから。わたし、祝杯を挙げようって言ったんですよ。もちろん冗談ですけどね」

「亜弥さんの事件に木嶋弁護士は関与していないでしょう」

「安西梨華さんの事件が起きた時、あのひどい弁護士が山辺を助けなければウチの亜弥は殺されずに済んだんです。犯人の山辺はもちろんですけど、木嶋も罰を受けなけりゃ道理が合いません」

美登里は安西景織子とは違い、終始淡々と答える。古手川はその素振りにどこか不自然さを感じた。

「刑事さんがわざわざここに来られたのは、彼女が殺されたからですよね。いい気味です」

「まだ事件と断定された訳じゃありません」

「ウチの前に安西さんのお宅に立ち寄られたでしょ。さっき安西さんからメールが来ました。埼玉県警の刑事さんが事情聴取に回っているって」

「被害者遺族同士で連絡を取り合っているんですか」

「同じ境遇の母親ですからね。ペドフィリア（小児性愛者）っていうんですか。あんな異常者に娘を殺された気持ち、母親じゃなければ絶対に理解できないと思います」

娘の話を口にした途端、美登里の表情に微かな変化が生じた。

「安西さん家もウチも一人娘だったんです。それは色々と想像するんです。おしゃれを覚え始めたらどの店で何を買おうとか、どんな子を好きになるんだろうとか、自分の娘時分を思い出しながら。そういう楽しみを、ある日突然に奪われてしまったんです。まるで自分の一部がなくなったみたい」

　子どもを持ったこともなく女でもない古手川には立ち入ることさえ憚られる領域だ。下手な相槌を打つのも躊躇われ、黙って耳を傾けるしかない。

「今度の裁判がどうなるのか、素人のわたしにはまるで予想ができません。山辺がまた精神鑑定で心身喪失を認められて無罪になってしまうのか、それとも別の鑑定結果が出て有罪になるのか。でも、どちらにしても殺された亜弥は還ってこないんです。それがどんなに悔しくて辛いことか」

　必死に感情を抑えているようだが、言葉の端々に無念さが滲むのは止めようがないらしい。

「わたしたち夫婦にできるのは、亜弥を忘れないでいることくらいです」

　本当にそうだろうか。古手川は怪しいものだと思った。

「さっきは殺された木嶋弁護士に対して、いい気味だと言ってましたよね」

「それは母親として当然の気持ちですよ。彼女は諸悪の根源ですから。あの弁護士は自分が有名になりたいばかりに山辺を無罪にしようとしました。悪魔を助けようとする者も、やっぱり悪魔です」

「弁護人が被告の権利を護ろうとするのは当たり前のような気がしますけどね」

「それはそうでしょうけど、世間の良識というものがあるでしょう。わずか六歳の無抵抗な女の子をりょ、凌辱した上で殺すなんて鬼畜の所業です。どうして、そんな鬼畜を護らなきゃならないんですか」

刑事被告人の人権については古手川も重々承知している。本人が心神喪失者なら尚更であるのも理解している。

だが、それはあくまでも部外者の論理に過ぎない。大切な者を奪われた家族には通用しない絵空事だ。

「無罪になった心神喪失者を死ぬまで病院のベッドに縛り付けておくならまだしも、少し具合が良くなったからといって退院させるなんて。異常者の人権が市民の安全より優先されるなんて、この国の仕組みは間違っているとしか思えません」

人権派を標榜する弁護士が聞けば眉を顰(ひそ)めるか冷笑するだろうが、被害者とその遺族にとっては理不尽こそが現実だ。それでも社会の安寧よりも心神喪失者の人権が優先されるというのであれば、彼らは景織子や美登里の前でも堂々と持論をまくし立てられるのだろうか。

「木嶋弁護士がどんな死に方をしたのか、わたしは生憎と知りません。でも、梨華ちゃんや亜弥が味わったように、事切れる寸前まで痛みと恐怖を味わうような死に方をしてくれたらと願います」

「木嶋弁護士にも家族はいるんですよ」

「だったら余計にです。彼女の家族もわたしたち夫婦と同じ後悔をしたらいい」

これ以上訊いても恨み節が返ってくるだけだろう。

「形式的な質問ですが、二十九日の午後六時以降の行動を教えてください。できればご主人の分も」

「二十九日なら、夫は遅番のシフトだったので帰宅は深夜零時過ぎでした。勤め先で確認できると思います。わたしは一人で留守番をしていました」

「証言してくれる人はいますか。もしくは何をしていたのか詳細を言えますか」

すると美登里は家事をしながらYouTubeを観ていたと言う。

「最近はテレビで観られるから便利です」

リビングのテレビをつけ、YouTubeのサイトを開く。視聴済みコンテンツの一覧が表示されると、美登里は一つずつ指し示した。

「結局、お気に入りばかりを繰り返し観てしまいます」

表示されたサムネイル画像を見て、古手川は胸が詰まった。

どれもが女児のファッションを扱う内容だった。

谷崎家を退出する頃には毒気に当てられたように腹の具合がおかしかった。

「堪えました」

上司に愚痴をこぼして胃の重たさが軽減されるなら、ここは許してほしかった。

「聞いているこっちまで泥濘に首まで浸かったような気分ですよ」

「他人の恨み辛みってのは伝染するんだ。殊に似たような経験をしたヤツにはな」

渡瀬の話す内容が一般論なのか、古手川のプライベートについてなのかは判然としなかった。

「そういう感情を無視しろとは言わんが呑み込まれるなよ。被害者感情に肩入れし過ぎると目が曇る」

「いつかも同じことを言われた気がします」

「成長していない証拠だ」

渡瀬に忠告されたものの、景織子と美登里から放たれた言葉は重い澱のように、胸の底に溜まってなかなか排出されない。それどころか、古手川は同じ感情を何度も反芻させられる羽目となった。

3

所謂「人権派弁護士」が揶揄や嘲笑の対象になって久しい。しかも山辺のような事件が発生するとたちまち燎原の火のように燃え広がる。

執拗なマスコミ取材によって木嶋弁護士の死が烏森弁護士の事件と連続している事実が報じられると、世間の反応は景織子や美登里たちに大きく肩入れした。リベラルの色濃い既存のメディアは及び腰だったが、ＳＮＳで発信される反応は「人権派弁護士」に冷淡なものが圧倒的だった。

『ああ、今度は人権派弁護士という括りでカエル男に狙われたのか。それじゃあちょっと同情できないなー』

『自業自得、だろ』

『依頼人の利益より自分たちの主義主張を優先させちゃう人たちだもんな。依頼人からすれば存在価値ないよ』

『少年犯罪や人権が絡む事件には絶対出てくるんだよなー。それで家建てたって弁護士もいるらしいし』

『人権成金』

『要するに、自分の意見さえ通れば判決なんてどうだっていいんだよ。山辺の裁判で木嶋が裁判員に吐いた言葉、未だに忘れんわ。あの言動に人権屋の全てが集約されている』

こうしたＳＮＳの反応に対して弁護士側も対応した。数ある弁護士会公認のYouTubeの中でも若手が運営するチャンネルは、匿名による対談を動画にアップさせた。以下はその抄録だ。

『これはわたしたち弁護士には常識なんだけど、一般人にはなかなか認知されていないと思う。被害者の人権も加害者の人権も護るのが弁護士なんだよね。ただ利害相反するので同時受任ができないだけ』

『そうそう。だけど重大事件で名前や顔が出ると、脊髄反射で『人権派』のレッテルが貼られちゃう。それで仕事の依頼がくることもあるけど、僕はまあデメリットもあるなあ』

『今は昔か。以前はさ、「人権派弁護士」って結構な看板になってたんだよ。ブル弁、つまり「ブルジョワ弁護士」と対で語られることが多くて、民主的、知性的、学究的、清廉で優秀というイメージが先行していた』

『ああ、ブル弁なら僕も聞いたことがある。だけど当時、あれってブル弁自体が少数派であって、多くの弁護士は弱き者、虐げられている者の味方というのが実状だったって聞いている』

『うんうん。ところがその後、被告人の人権問題が異様なかたちでクローズアップされると潮目が変わってくる。人権を声高に叫べば叫ぶほど少数派に追い込まれて、しかも一般の共感を得られなくなった。そうなると所謂「人権派弁護士」というイメージがプラスからマイナスに変換されちゃう』

『最前にも話が出たけど、僕ら弁護士は被害者の人権も加害者の人権も護るのが本分。だから実を言うと「人権派弁護士」って一種ファンタジーな存在なんだよね』

『それはある。わたしだって「人権派弁護士」とか呼ばれても嫌ぁな気分になるから。ただ法の精神の原理原則を守っているだけなのに』

『被告人の人権を主張し続ける弁護士に向けられる批判で多いのは「被害者に対する情緒が欠落している」というものなんだけど、そもそも裁判というのは理屈と理屈の応酬であって、それで情緒云々と言われてもなあ。日本の裁判というものを全く理解していない。現在の法廷で大岡裁きを夢想している、これも一種のファンタジーだよね』

『被告人が精神疾患だったり触法少年だったりした場合、「人権派弁護士」なる者が進んで手を挙げるとかもファンタジーです。実際には弁護士会会長とか刑弁委員長が直接に事務所に押し掛けて、誰それが先生を推薦したとか、あなたが適任だとか、委員会活動を怠けているだろとか分かりやすくプレッシャーを掛けてくる。言っちゃあ何だけど、ボランティアみたいな一面がある』

『ボランティアというのは当たっているかもね。熱心に少年事件や国選を引き受ける先生もいることはいるけど、報酬はたかが知れている。大抵は持ち出しが多い赤字案件。もっとぶっちゃけると、他の案件での儲けを人権問題に注ぎ込んでいる印象があるよね。また、そういう先生って決して暮らし向きは豊かじゃないらしいし』

『弁護士というと高収入で高級車乗り回しているようなイメージが定着しているけど、それこそファンタジー中のファンタジー。いつだったか弁護士の平均年収が五百万円とかで騒がれたことがあったけど、この世界のトップは年収億って先生がざらにいるからね。トップグループが年収億で平均が五百万円だから、ちょっと考えたら実状は分かりそうなものなんだけど』

『底辺を見れば年収が二百万円に届かない弁護士だっている訳で。第一、訴訟天国のアメリカでさえ、職安に弁護士が並んでいるんだから』

『そもそも弁護士の数が多過ぎる。司法制度改革で司法試験の合格者を増やしたのはいいけれど、裁判官を増やすという当初の目的が外れて弁護士の数が多くなっちゃった。それでも都合よく過払い金返還請求バブルが起こってくれたお蔭で弁護士余りが顕在化しなかったでしょ』

『あー、過払いバブルね。最小の費用で利益はすごく大きいから、カネ儲けしたい事務所はみんなやってたね。中にはテレビＣＭをガンガン流していた事務所もあったし。あれで急成長した事務所も多かった。ただウチの先生はさ、そんな過払い金返還請求に特化するとか広告打つとか、みっともないからしたくないって態度だったなあ』

『それはある意味で正解。もう過払い金返還請求バブルは弾けちゃったから、今までみたいな高報酬は望めない。バブルで肥大化した大型事務所はイソ弁（居候弁護士）のリストラに迫られている。失業する先生も多いよ。嘘か本当か飲食業への転業を見据えている事務所もあると聞くしね』

『結論として「人権派弁護士」が人権に胡坐を掻いて荒稼ぎしているというのは幻想。あ、でも木嶋先生の場合はイレギュラーかもしれないな。何と言っても「女御子柴礼司」の綽名をいただいているくらいだから』

『いくら匿名座談会でも御子何とかさんの名前を出すのはまずいんじゃないかな』

『ああ、これは失礼。じゃあ話を木嶋先生に限ると、彼女は「人権派弁護士」に特化しようとしていたフシがある。案件の報酬自体は少ないけれど、人権派の旗手ともなればそれなりの需要はある。事実、山辺事件後は依頼人の数が激減したけど、その分を講演会で補ってお釣りがくるって聞いた。そういう類の本も出しているし』

覆面座談会は古手川にとっても興味深い内容で、特に耳よりなのは木嶋弁護士の財政事情だった。弁護士の世界でも淘汰が始まり、各々が生存戦略を模索し始めた。木嶋弁護士が「人権派弁護士」として名前を売ろうとしていたのが真実なら、彼女の儲け主義に巻き込まれた依頼人はいい面の皮だ。

ところでこの覆面座談会は結構な反響を呼んだ。ただし否定的な意味でだ。二人の若手による打ち明け話に好感する視聴者もいたが、当の弁護士会から「あまりに露悪的」と非難されたのだ。件の弁護士会は「番組内での出演者の発言は当弁護士会の公式な見解ではありません」と釈明したが、動画チャンネル自体が弁護士会公認という矛盾を孕んでいたため、この釈明もまた疑問視された。

ご丁寧なことに、弁護士会は釈明を出した当日に動画を即刻削除するという悪手に走った。この対応が保身に満ちた愚策だという批判が起こる一方、動画を保存していた視聴者の一人が拡散したものだから、弁護士会は恥の上塗りをするという体たらくを晒してしまう。

ともあれ弁護士会という古い組織がニューメディアを使いこなしていない現実を満天下に露呈した上で、烏森弁護士と木嶋弁護士の事件は各方面に波風を立てた。

世間の大部分は景織子や美登里の遺族感情に寄り添う姿勢を見せた。だが、その姿勢は同時に心身喪失および心神耗弱を認められた者たちへの警戒をも顕在化させた。

そもそも有働さゆりの所業が明らかになった時点で、彼ら彼女らが社会復帰することへの疑念と不安は絶えずどこかしらで囁かれていた。類似の事件が起きる度に繰り返されてきた後悔と抗議だったが、今回は有働さゆりが事件に関与しているために反応は更に激烈だった。

ネットニュースのコメント欄には刑法第三十九条の適用で有罪もしくは裁判そのものを免れた者への言及は熾烈を極めた。

『心神喪失者というだけで無罪にしたのは間違いだった』

『ずっと刑務所なり拘置所なりに収監しておけば新たな被害者も生まれなかったのに』

『人権人権ていうけど、バケモノに人権なんてあるのかよ。それこそ妄想じゃないか』

『行き過ぎたリベラル。いや、市民生活を恐怖に晒している時点で、そんなものリベラルでも何でもない。ただ迷惑なだけの独りよがりだ』

『鑑定する精神科医の違いで鑑定結果が異なるってどういうことだよ。科学というのは再現性が保たれなきゃいけない。観察者の違いで結果が違うなんて、それはもう科学でも何でもない』

『以前にも健常者が精神病を装った事例がありますよね。もうそろそろ刑法第三十九条は削除するべきだと思います』

　ここまでは現法に対する不信感に基づく意見だったが、時間が経つにつれてコメントは心神喪失者に対する扱いの是非へと移っていく。

『刑法第三十九条による無罪もしくは減刑という考え自体がおかしい。本当に精神疾患だとしたら、寛解状態になった時点で刑を執行するというシステムの方が理に適って(かな)いるんじゃないのか』

『いや、いったん精神疾患だと診断されたのなら、もう一生社会復帰なんてさせない方がいい』

『社会復帰させないというのは極端な意見だけれど、たとえばアメリカのフロリダ、ミズーリ、オハイオ、オクラホマ、ノースダコタ、アラバマは一部の性犯罪者が刑期を終えてもＧＰＳで生涯監視することを義務付ける法案を可決している。そのうちアメリカ全州でも法案が通ると思う。心神喪失や心身耗弱を認められた犯罪者も、これに倣って全員ＧＰＳの足輪をつければシャバに出してもいいように法整備するべき』

『あっと、今のコメントは少し時代遅れですね。アメリカはミーガン法というのが制定されていて、性犯罪者は顔写真と個人情報をネットで公開されています。別にジェシカ法というのもあって、常習犯にはＧＰＳ装置の装着が義務付けられています。現在はもっとドラスティックな運用になっていて、性犯罪者だけでなく在宅の被疑者や仮釈放中の者にも装着されています。装着者が移動を許可された地域から抜け出したり装置を破壊しようとしたりすると当局に通知されるシステムです』

まるで監視社会の兆しを思わせる話だが、実は日本でも類似の討議や法整備への動きが始まっている。日産自動車元会長カルロス・ゴーンが公判中にも拘わらず海外に逃亡した事件をきっかけに、二〇二一年十月に法制審議会が逃亡の虞れのある被告人にGPS端末を装着させる要綱案を取りまとめたのだ。既に法務省と最高裁は実証実験を開始し、早ければ二〇二六年度からの運用を目指している。

もし有働さゆりが再び逮捕されたらどういった扱いがされるのかと古手川は想像してみる。何しろ八王子医療刑務所から脱走した前科があるから、以前よりも厳重な警戒態勢になるのは避けられない。その場合は、彼女の足首にもGPSが装着されるのだろうか。

片足に輪を嵌めて歩くさゆりの姿を思い浮かべていると、いきなり背後から声を掛けられた。

「ぼさっとするな」

渡瀬はそう吐き捨てると、振り向きもせずに刑事部屋を出ていく。例によって古手川は慌しく後を追う。

大宮区桜木町の駅前から国道十七号線沿いはかなり前に区画整理され、ショッピングセンターの他に銀行や飲食店の入った雑居ビルが林立している。だが大通りから奥に入ると古い住宅地が顔を見せる。この辺りも区画整理が検討されたが、地元の合意が得られず頓挫した経緯があるのだ。木嶋弁護士の自宅は五階建てマンションの一室だった。午後八時を過ぎ、家人が在宅していた。

「鈴里の夫で、哲也といいます」

警察手帳を提示された哲也はおずおずと二人をリビングに招き入れた。渡瀬は黙ったまま、玄関から廊下に至るまで四方に目を配っている。

「遺体はまだ返してもらえませんか。警察から連絡がきていないのですが」

申し訳ありません、と古手川は頭を下げる。一応、木嶋鈴里の亡骸は浦和医大法医学教室に移送されたが、遺族への返還に手間取っているらしい。とにかくカラスに啄まれてほとんど骨になった状態であったため、執刀した光崎はえらく不機嫌そうだったと聞いている。

「報告書が届き次第、お返しします」

「ずいぶん司法解剖に時間がかかっているようですね。カラスに食われて、見るべきところなんてないと思うんですが」

「解剖医は斯界の権威です。ご心配には及びません」

「早く荼毘に付してやりたいと思います」

専有部分は3LDK、内装も決して豪奢には見えない。場所といい物件といい、とてもセレブの住処とは言い難い。木嶋鈴里弁護士が「人権派」の看板で荒稼ぎをしているというのは、ただの噂に過ぎないのか。

「弁護士の自宅にしては倹しいものでしょう」

古手川の視線に気づいたのか、哲也は自嘲気味に話す。

「わたしもSE（システムエンジニア）やっているんですが、共稼ぎでもこのマンションをローンで買うのがやっとなんですよ」

哲也はリビングを見回して言う。

「まだ子どももいなくて。いずれは妊活と視野に入れていたので、マンションの買い替えも考えていましたけど」

「奥さんが仕事熱心だったのは、そのためですか」

何気なく訊いたつもりが相手には皮肉と受け取られたらしい。哲也が吐いた言葉は少し尖っていた。

「鈴里だけでも大した稼ぎじゃないかとお考えかもしれませんが、実際はこの通りです。弁護士が儲かるというのは事情を知らない人の思い込みに過ぎません。鈴里が前の事務所から独立したのは四年前ですが、以前はもっと苦しかったくらいです。イソ弁だった時の年収なんてわたし以下でしたからね」

「世間の噂とはずいぶん違いますね」

「刑事さんも、例の弁護士会の動画をご覧になったんですか」

「ええ、まあ」

「公開のタイミングやら内容やら後始末やら碌な内容じゃなかった。でもいくぶんかは真実も含まれていて、『報酬はたかが知れている。大抵は持ち出しが多い赤字案件』というのは本当のことです。確かに鈴里は触法少年や精神障碍者の弁護を多く手掛けましたが、ほとんどは赤字でした。それでも人権派の看板に固執したのはブランディングの必要があったからです」

「ブランディング、ですか」

「独自のブランドを作り、信頼や共感を通じて価値の向上を目指すマーケティング戦略の一つ。要するに差別化ですよ。裁判自体の報酬は望めない代わりに、リベラル系の団体から講演のお誘いがあったり、知名度が高まれば報酬の望める案件の依頼も期待できます。弁護士会でのポジションも高くなる可能性があります」

弁護士とは思えないような計算高さに舌を巻く。哲也の話が本当だとしたら、彼女は弁護士よりも起業家の方が向いていたのかもしれない。

渡瀬はと見ると、リビングの中を見回しながら薄目でこちらのやり取りを眺めている。哲也の話など先刻ご承知といった態度だった。

「鈴里の計算違いはデメリットを過小評価していた点です。触法少年や精神障碍者の弁護を手掛けて人権派の肩書を得たのはいいけれど、やはり世間からの反発も多くて期待していたほど仕事の依頼が増えなかったようです。それどころか有形無形の攻撃を受けているので、わたしなどは差し引きマイナスじゃないかと思ったくらいです」

「有形の攻撃というのは事務所への嫌がらせの件ですか」

「とっくにお調べでしょうけど、鈴里が帰宅途中に捕まって難癖をつけられた件も含めてです。犯人は被害者遺族だったらしいのですが、被害届を出しても警察は動いてはくれませんでした」

哲也はこちらを恨みがましい目で見る。まるで、その際に警察が対応していれば悲劇は起きなかったと言わんばかりだ。

「そして、とうとう鈴里は殺されてしまった。言ってみれば最大のデメリットですよ」

「お察ししますが、今は捜査にご協力ください」

「協力しないとは言ってません。協力する気がなければ家の中に招き入れないでしょう」

「帰宅途中のみならず、自宅にも何らかの嫌がらせはあったんですか」

「自宅にはなかったですね。鈴里の話によれば、迷惑行為は弁護士事務所だけに向けられていたみたいです」

「特に奥さんがつけ狙われているという事案はありましたか」

「特に、と言われると思い当たりません。少年犯罪や精神障碍者の事件を弁護する度に新聞や雑誌の記者に付き纏われはしましたが。さすがに彼らも場数を踏んでいるだけあって、訴えられる寸前で引くと、鈴里は苦笑いしていました」

では、特筆すべき迷惑行為をなしたのはやはり安西景織子という結論に落ち着く。

「ブランディング云々の話をしましたが、鈴里が弁護士という仕事に誇りを持っていたのは事実です。とかく世間に憎まれがちな被告人の弁護にある種の使命感を持っていたのも事実です」

身内の欲目というものがある。伝聞でもある。哲也の言い分を全面的に信用するつもりはないが、木嶋弁護士が彼女なりの正義を胸に抱いていたとして何の不思議もない。人それぞれに秘めた正義は様々だ。

問題は、彼女の正義が別の人間にとっては不正義になるという現実だった。現に、木嶋弁護士が弁護活動に精を出せば出すほど不愉快そうな顔をする者が増えていく。

「最近は家の中にいても愚痴が続いていました。社会正義のために身を粉にして働いているのに、正当に評価されないって。SEの仕事は顧客満足度だけが評価基準だから羨ましいと言われました。それで、ちょっとした口論にもなりました。わたしたちには技術的スキルも業界知識もプロジェクト経験もコミュニケーション能力も、そして語学力も求められていますからね」

哲也は寂しそうに笑う。これが作り笑いなら相当な演技力だと思った。

「奥さんに恨みを抱いている者に心当たりはありますか」

「鈴里の話を信じる限りでは両手でも足りませんね。彼女が刑法第三十九条を主張して無罪あるいは減刑にさせた案件は少なくない。被害者遺族にとっては不倶戴天の仇みたいなものです。犯人が医療施設に入所してしまえば手が出せない。そうなれば恨みが全部鈴里に向かってきてもおかしくありません」

不意に哲也は渡瀬に向き直った。

「あなたはさっきから何も話そうとしていませんね」

「聞き役は一人で充分」

渡瀬の第一声が低い濁声(だみごえ)だったので、哲也は少し驚いたようだった。

「〈埼玉日報〉の記事を読みました。鈴里はカエル男に殺害された可能性があるという内容でした。記事に書かれていたのは事実なんですか」

「警察はそんなことを公表していません。あれは〈埼玉日報〉の飛ばし記事で、根拠のある話じゃない」

「でも死体の傍らには稚拙な犯行声明文が置いてあったというじゃありませんか。鈴里の死体の側でも同様の犯行声明文が見つかったと聞いています」

「ただの模倣犯かもしれません。現にあなたも、木嶋弁護士を恨んでいる者は両手でも足りないと言っていた」

「それは」

「新聞の飛ばし記事なら誤報で済む。しかし誤認逮捕や冤罪は洒落(しゃれ)にもならない。警察は当て推量や見込みで動く訳にはいかんのですよ」

渡瀬の有無を言わせぬ視線に睨まれて、哲也は口を噤(つぐ)む。

「奥さんは尋常ならざる方法で殺害されましたが、そこに意味があるかどうかを判断するのは我々の仕事です。あなたの仕事じゃない」

「ええ、それは、分かっているつもりなんですが」

「二十九日の午後六時から終日にかけて、あなたはどこで何をしていましたか」

「あの日、鈴里からは定時に帰るとメールがありました。ところが八時を過ぎても戻らないので彼女のスマホにメールしたんですが、既読がつかない。焦って事務所の副島さんにも問い合わせしたんですが、彼も知らないと言う。この家で不安のまま一夜を過ごしました」

「家から一歩も外に出なかった訳ですね。それを証明してくれる人物はいますか」

哲也は力なく首を横に振った。

事情聴取を終えて覆面パトカーの助手席に乗り込むと、渡瀬は前を向いたまま訊いてきた。

「さっき刑事部屋で見ていたのは、性犯罪者にＧＰＳ装置を装着させて監視する内容の記事だったな」

あの一瞬でそこまで見られていたのか。

渡瀬の観察力は今に始まったことではないから驚きはしないが、己の迂闊さが嫌になる。

「有働さゆりが足輪をつけられているさまでも想像していたか」

「もし今度の事件で彼女が逮捕されたら、そうなりかねないでしょう。一度、八刑を脱走しているんです。以前よりも厳重な警戒態勢が採られるに決まっている」

「再脱走してもすぐに追跡できるためのＧＰＳ装置か。ふん、恥を搔かされた八刑の考えそうなことだな」

「班長は嗤いますか」

「八刑もそうだが、お前の想像力の貧困さを嗤ってるんだ」

渡瀬はまだ前だけを見て、こちらを一瞥もしない。

「逃走のためには自分の指を噛み千切るような女だぞ。仮に足輪を嵌められても、それが逃げるのに邪魔だと判断したら片足を捥ぎ取るくらいは平気でする」

古手川はその光景を想像してぞっとした。

彼女ならやりかねないからだ。

4

件の弁護士会公認YouTubeの動画は削除されたものの、騒動の余波は依然として収まらなかった。弁護士会は火消しに奔走したが、消防水の供給よりも火の回りの方が早かったのだ。

匿名座談会に出席した弁護士の面は視聴者からの特定によって数日で割れた。一人は三十代のアソシエイト弁護士（弁護士事務所に雇用されている弁護士）。所謂「イソ弁」、もう一人は五十代のパートナー弁護士（法律事務所を経営する弁護士）で、ともにゴルフを趣味としていることから私生活でも旧知の仲だったらしい。聞くところによれば二人は弁護士会に呼ばれ会長から叱責されたものの懲罰動議までには至らず、二度と公式チャンネルの出演はまかりならぬとの処分が下った。

ＳＮＳでの炎上騒ぎがリアル社会にまで波及するのは珍しくないが、今回はカエル男事件絡みという事情も手伝って一層類焼した感がある。まずテレビの某高視聴率討論番組が飛びつき、所謂「人権派弁護士」が幻想なのかどうか、またその存在意義について是非が論じられた。

番組がゲストに招いたのは保守系の論客で鳴る元国会議員と、自らも触法少年の弁護歴がある弁護士だった。局は両論併記すればバランスが取れるという建前を見せたが、先の動画炎上騒ぎを受けての企画であり、「人権派弁護士」批判に便乗しているのは誰の目にも明らかだった。

『とにかくあの公認チャンネルの対談動画は噴飯ものと言うか、弁護士という職業が依頼人ではなく自身の主張を護るものだと証明した訳です。対談の中で木嶋弁護士は特別に「人権派弁護士」を名乗っていたとありましたが、実は本人が名乗るかどうかは問題じゃない。その弁護方針が被告人の人権問題に偏向していれば「人権派弁護士」と見做(みな)されるだけなんですよ』

『動画の中でも言及されていましたが、弁護士というのは被害者の人権も加害者の人権も護るのが本分なんです。被告人の弁護に立った場合にはありとあらゆる手を講じて無罪もしくは減刑を求めるのが当然です』

『しかしね、山辺事件の公判において木嶋弁護士が裁判員に放った言葉は手段として相応しいかどうか。「あなたたちは女児を殺めた被告人を断罪しようとしているが、死刑だって人を殺す制度です。つまり死刑判決を下すのは、あなたたちが被告人と同じ行為をすることなんですよ」。これは裁判を知らない素人に対する脅迫みたいなものじゃないですか。言動そのものも被告人の弁護よりは死刑廃止論の主張に偏っている』

『いや、裁判員に対してある種のプレッシャーをかけているのはその通りですが、これも死刑判決を回避するための手段と考えれば納得できます。木嶋先生はそうまでして被告人を弁護しようとしていたのですよ』

『弁護士の理想像という訳ですか』

『理想であるのは否定しません』

弁護士は渋々ながら頷いてみせた。

『しかし、その理想とやらに一般市民はうんざりしているのではありませんか。番組が行った世論調査では、弁護側はあまりにも被害者感情を逆撫(さかな)でしている、情緒を無視しているという声がとても多い』

『これも動画内で言及されていますが、法廷は論理を展開する場所であって、情緒を交換する場所じゃありません』

『原則的にはそうかもしれない。だが山辺事件は特筆すべき悪行だった。年端もいかない女児を拐(かどわ)かした挙句に命を奪った。まことに言語道断、悪逆非道と言わざるを得ない。およそ人とは思えないようなバケモノに、護るような人権があるのですか。バケモノの人権がどうこうと議論するのなら、蔑(ないがし)ろにされた女児の人権をいったい何と心得ているのか。先ほど先生は、法廷に情緒は不要と言われたが、ものには限度がある。裁判員や被害者遺族の感情を逆撫でするのが法廷戦術というのなら、法廷というのはひどく酷薄で非人間的な場所という話になる』

元議員は臆することなく傲然と言い放つ。対する弁護士は痛いところを突かれたように顔を顰める。

『確かに木嶋弁護士の弁論には、そういう点があったのを認めざるを得ません。しかし弁護側がいちいち被害者感情に寄り添っていたのでは、被告人の権利を護るという大前提を損なう惧れがあります。法の論理と情緒を一緒くたにすれば、いずれ法廷は私刑の場になりかねません』

『私刑の場にしないという考え自体は真っ当だと思いますが、バケモノの人権を護るために被害者の尊厳を蔑ろにすることがあってはならない。そもそも論になりますが、今回の争点は刑法第三十九条を果たして存続させていいものかどうかという問題なんです』

するとと弁護士は顔色を変えた。

『それはちょっと聞き捨てなりませんね』

『たとえば起訴前鑑定にしたところで、鑑定士によって結果が変わるなんて本来あっていいはずがない。再現性こそが科学の基本というのであれば、客観性に乏しい精神鑑定を裁判に取り入れること自体がナンセンスですよ』

『いくら何でも極論に過ぎる。それでは刑法第三十九条の否定じゃありませんか』

元議員は我が意を得たりとばかりに頷いて身を乗り出す。

『左様。わたしは刑法第三十九条を削除するべきだと考えています。本人の感情や性格に惑わされることなく、行為のみを裁判の対象にする。それが一番すっきりしたかたちだと思う訳です。大体、刑事裁判というものは被告人の思想ではなく行動をジャッジするものでしょう』

『それは人権を大きく損なう提案です。あなたには法の精神というものが、まるで分かっていない』

『わたしは弁護士じゃないのでね。しかし、それを言うなら先生よりは世知に長けている。今、世間が烏森弁護士と木嶋弁護士の事件に注目しているのは、容疑者と目されているのがカエル男こと有働さゆりだからです。いいですか、有働さゆりは犯罪を重ねながら解離性同一性障害と診断されて医療刑務所に収監、その後脱走して、今回の事件に大きく関わっている。殺された二人の弁護士は、言っちゃあ悪いが刑法第三十九条を主張し過ぎるきらいがあって色んな人間から嫌われ、憎まれている。つまり今回の事件は被害者も容疑者も刑法第三十九条によって引き起こされたと言っても過言ではない。刑法における責任能力の有無は、別の悲劇を作り出した。今や刑法第三十九条は諸悪の根源になった感すらあります』

さすがに弁護士が腰を浮かしかけた時、司会者が割って入った。

『はい、ここでＣＭです』

選挙に落ちた議員はタダの人という言葉があるが、ＳＮＳの普及した現代では身の振り方如何で商売ができる。

刑法第三十九条削除論をぶち上げた元議員は現職の頃から目立つ言動で耳目を集め、辞職してからはYouTubeを開設して再生回数を稼ぐ著名人だった。必然的に発言力も発信力もあり、彼の持論は瞬く間に拡散され、ネットでも現実でも話題を攫った。

『刑法第三十九条の存在意義は、俺も前から疑問だった』

『科学的でないことを法的な根拠にするって、改めて考えるととんでもない話ですよね』

『要するに鑑定士の匙加減なんだよなー。そりゃあ詐病を企む犯人や弁護士も出てくるよね』

『刑法って法律ですよね。だったら立法の府である国会で廃止にすればいいと思うんです』

『この問題、もっともっと大きくなればいい。そうすれば国会でも取り上げるだろうし』

『ネットで署名活動するのも一つの案ですね』

ネット限定の呟きも数が揃えば相応の声になる。有志の呼びかけで刑法第三十九条削除のオンライン署名活動が始まると、カエル男事件は元議員の発信力と相俟って、犯人逮捕とは異なる方面、つまり法改正の可能性へと動き出した。

驚くべきことにオンラインでの署名はわずか一週間で三十万筆に達した。三十万筆というのは、関係各省なり担当大臣が重い腰を上げようかと考え始める数だ。三十万筆を超えた署名は瞬く間に四十万五十万と積み重なり、十日目にはとうとう六十万筆を超えた。それだけ市民の関心度が高い証左でもあった。

オンライン署名が四十万筆を超えた辺りから法務省および内閣法制局の一部が動いた。ただし法改正ではなく、観測気球を上げる方向にだ。凶悪事件が発生する度に取り沙汰される刑法第三十九条はそれだけセンシティブな法律であり、おいそれと改正または削除する訳にはいかない。オンライン署名には匿名や冷やかし気分の者も少なくなく、有効数も定かではないので役人が慎重姿勢になるのも無理はない。

だが一方で四十万筆超という数字は無視できない。有効数が半分だとしても、それが有権者数に結び付くと考えれば尚更だ。そして観測気球であれば議員の個人的な意見に留まるし撤回も容易だった。

某日、大臣定例会見及び副大臣・大臣政務官定例会見において、保守系新聞社の記者から次のような質問が上がった。

「先日、オンライン署名で刑法第三十九条削除に関して六十万筆以上が集まりました。六十万というのはかなりの数かと思いますが、法務省はこれを把握していますか」

答えたのは法務副大臣だが、記者の質問自体が仕込みであったかのように答弁には澱(よど)みがなかった。

「把握しています」

「法務省としてはどのようなお考えなのでしょうか」

「署名を正式に受理していないので、まだ議題にも上っておりません」

「受理されたら検討に入るという意味でよろしいでしょうか」

「仮定の質問にお答えすることはできません」

　副大臣はただし、と前置きしてからはっきり答えた。

「法務省としても国民の声には真摯に対応するのが大前提であり、それはいかなるセンシティブな問題であっても例外ではありません」

　居並ぶ報道陣は副大臣の言葉に敏感に反応した。婉曲的な言い回しながら、法務省は国民の声さえ大きくなればセンシティブな刑法第三十九条の削除を視野に入れると告げたからだ。

　早速その日の夕刊各紙は副大臣の答弁をトップで扱い、『刑法第三十九条　削除か』との大見出しを打った。法律や裁判に明るくない者でも重大事件の度に責任能力の有無が問われるのは知っているので、多くがニュースに興味を抱いた。また午後のニュース番組も挙ってこの話題を取り上げ、ネットのトレンド上位は副大臣の答弁で占められた。

　法務省の上げたアドバルーンにいち早く反応したのは野党だった。別けても弁護士出身の議員が多い民生党の激昂ぶりは凄まじく、如月党首も自身の出自が弁護士という事情も手伝って舌鋒鋭かった。

「法務副大臣の談話を見て、身体中の血が逆流しました。政府与党の暴走、ここに極まれりという感じですね」

　如月は少し長くなりますが、と注釈をつけた上でインタビューに答えた。

「刑法第三十九条、つまり心身喪失者の行為は罰しない、心身耗弱者の行為はその刑を減刑するというのは近代刑法の大原則の一つである『責任なければ刑罰なし』という責任主義に基づくもので、アメリカ、イギリス、ドイツといった多くの先進国で同様に取り扱われています。例えばクルマを運転していた人が急に脳梗塞(のうこうそく)を発症して人を轢(ひ)いた場合、運転者の責任を問えるかという問題です。それはとても難しいじゃないですか」

　普段は与党の政策に感情的な反対ばかり叫んでいる党首が、この問題に関してはひどく理性的な言葉を並べる。本来の如月は理論派なのだが、国会論戦時のややエキセントリックな言動が本人のイメージとして定着しているきらいがあった。

「言い換えれば、法務副大臣の発言は脳梗塞で事故を起こした運転者を何の情状酌量もなく罰するということに他なりません。文明社会では共通認識となっている責任主義から逆行しようとしているのです。到底看過できるものではありません。民生党としてはこの問題を討議する以前に、副大臣の発言自体が不適切であると抗議したい所存です」

　如月の弁には相応の説得力があったが、万年野党の悲しさで彼はまた失策を投じた。国民感情が昂(たかぶ)っている時に権力者が道理を説いても反感を買うだけだ。結果として如月の弁は国民感情を無視した空論として扱われる羽目となった。

　民生党と対照的な態度を見せたのが同じ野党である改革党鯖内広毅(さばうちひろき)議員だ。元より改革党は政府と是々非々の立場であり、今回の発言も国民感情に配慮した内容となった。

「責任能力の有無で重大事件の被疑者が罪に問われなくなる。更に医療刑務所から出た者が再び犯行に走る。昨今の状況はまさに社会不安と断じて支障ないと思われます。法曹界には法曹界の考えがあるのでしょうが、言うまでもなく法曹界よりは社会全体の安寧が優先されるべきです」

鯖内の狡猾さは最初に国民優先を口にしたところだ。これで聞く者はまず身構えずに済む。

「『責任なければ刑罰なし』という責任主義は、確かに近代刑法の大原則ですが、実際には国民感情と乖離していています。それは何故かと言えば、あまりにも情緒が欠落しているからです。一つには、悪行は当然に罰を受けるべきという応報感情が抜けていること。二つ目には被害者およびその遺族に対する同情心が皆無であること。彼らの無念さは容易に想像できるものであり、加害者の罪を問わないのは二度目の加害でもある訳です。三つ目には精神鑑定の胡乱さ。精神鑑定がいい加減とは言いませんが、それでも指紋やＤＮＡ鑑定よりは科学的客観性に乏しい。最後に社会不安。重大事件を犯した者が法律で罰せられず野放しになっている状況は、どうしたって不安を煽ります。今挙げた四つはいずれも感情論であり、法曹界の人間には前近代的と叱られるかもしれない。世界の潮流からは遅れた概念だと嗤われるかもしれない」

鯖内はいったん言葉を切り、カメラに向かって問い掛けるような仕草を見せる。

「しかし世界の潮流から外れることが、そんなに蔑まれることなのでしょうか。民生党さんは多くの先進国で責任主義が採用されていると仰いましたが、言い換えれば責任主義を採用していない国も多々あるというのが実状です。先進国と一括りにされるが、法律はその国の慣習や民族性、そして文化に拠って形成されるものです。国民生活を無視してまでアメリカやイギリス、ドイツに追随する必要もない。そもそも被告人の人権を擁護できるのは社会が安寧の状態だからです。戦場でしばしば人権が蔑ろにされるのは、人権に優先するものが存在するからです。人権を優先したために社会不安が引き起こされたのでは本末転倒と言わざるを得ません。無論、それが正しいかどうかは討論が必要になります。もし国会で動議が上がれば、我が党としては真剣に向き合うつもりであります」

鯖内の対応は巧妙というしかない。国民にそっぽを向かれた民生党の主張をやんわりと批判しながら、同時に国民感情に寄り添う態度を見せる。政治的には、ほぼ満点の対応だった。

政界の動きにやや遅れて反応したのは法曹界だった。各地の弁護士会は挙って遺憾の意を表明し、刑法第三十九条の堅持こそが社会正義であると声高に叫んだ。

声が最も大きかったのは二人もの犠牲者を出した埼玉弁護士会だった。副会長五人が弁護士会館にマスコミを招き、法務副大臣の談話に遺憾の意を表明した。

「法務副大臣の言葉は法の精神に背くものとしか申せません」

副会長の一人が悲愴な表情でマイクを握るのは、この場に会長の姿が見えないことも起因している。副大臣の弁が観測気球であるのは弁護士会も承知しており、そのレベルでは会長が前面に出るのは時期尚早という判断だった。

「最初に、法曹界では法理が存在することを知ってほしいのです。法理というのは、理論上認められる基本原則と解釈していただければ充分でしょう。私ども法律家は、この法理を至極当然のものとして受け容れています。ただ一般の方には一部受け容れ難いらしく、その一つが責任主義、刑法第三十九条の基礎となる概念です」

彼女はパネルを指し示しながら話す。丁寧さを心掛けているのはいいが、専門家が門外漢に向けて説明しているような高慢さが見え隠れしていることに気づいていない。

「責任能力の要件を含む責任主義は、憲法の要請なんです。具体的には十三条の『個人の尊厳』と三十一条の『適正手続』ですね。分かりやすく説明します。人には責任能力があるからこそ自由な行動が認められています。自分の行為に責任を持てるから公共の場所を行き来できるし、その判断は尊重されるという理屈ですね。逆の言い方をすれば、責任主義の否定は憲法の否定にもなる訳です。つまり法務副大臣の弁に従って刑法第三十九条を削除すれば憲法違反になってしまうのです」

彼女を中心に座る他の副会長たちが、さもありなんと深く頷く。

「責任能力についてもう少し説明します。誰しも善悪の判断ができて規範意識を働かせることができる。それにも拘わらず犯罪を強行するから処罰される。この概念が国民の規範意識を一層高める訳です。従って、規範意識がない状態で処罰されれば国民の規範意識が弱体化する惧れが生じます。また、刑罰というのは犯人自らが納得して犠牲を払うことで目的が達成できます。犯人が納得しない刑罰ではまるで意味がありません。本人の自覚がないのに特別犠牲を強いることは個人の尊重の理念にも反します。心神喪失者の行為を罰しないというのは、そういう根拠があるからなのです」

　彼女はここ一番とばかりに声を大きくする。

「刑法第三十九条が憲法の要請によって削除できないのなら、憲法を改正してしまえばいい。そうです。政府与党の最終的な目的は憲法改正であり、刑法第三十九条の削除を謀るのはその第一歩に過ぎません。我々埼玉弁護士会としましては、刑法の一部削除を論じること自体に強く危機感を抱くものです」

　彼女が弁論を終えると、他の四人が労うように拍手をする。

　すると彼らの熱気が冷めやらぬうちに報道陣から質問の手が挙がった。

「はい、最前列のあなた」

「〈埼玉日報〉の尾上といいます。責任主義のご説明、大変有難く拝聴いたしました」

　当てられた尾上は座ったまま、壇上の副会長たちを睨め回すように見る。

「弁護士の先生方が受け容れておられる『責任なければ刑罰なし』という法理もげっぷが出るほど理解できました」

「ちょっと、あなた」

「その上での質問ですが、今回、埼玉弁護士会に所属している先生二人が犠牲になりました。犯人と目されているのは八刑を脱走した心神喪失者なのですが、仮に先生はその犯人に依頼されたら弁護に立たれるのでしょうか」

彼女は露骨に顔を顰めて質問者を睨む。

「仮定の質問にはお答えできません」

「おやおや変ですねえ。先ほどの熱弁を拝聴する限りでは一般論としてお答えいただけるとばかり思っておりました」

「一般論と申し上げるなら、我々弁護士はいかなる被疑者にも寄り添うつもりです」

「それがお仲間を血祭りに上げた憎むべき犯人であってもですか」

「そうです」

「被告人が紛れもなく心神喪失者であった場合、迷うことなく刑法第三十九条を主張し、無罪もしくは減刑を要求されますか」

彼女の回答が一拍遅れる。

「もちろんです」

「今回、カエル男はあなた方のように刑法第三十九条を金科玉条のごとく掲げている弁護士ばかりを狙っているようです」

既に報道されている内容だったが、当の弁護士たちを前に発せられた言葉は場の空気を凍りつかせるには充分だった。居並ぶ五人の副会長たちは一斉に色をなした。

「あなたは、いったい何が言いたいのですか」

「いえいえ、ワタクシは皆さんの順法精神に敬意を表しているのですよ。ご自分が次の標的にされているかもしれないのに、尚も刑法第三十九条を護持しようとされている。誠に感嘆すべき蛮勇と言えましょう」

「わたしたちを愚弄するつもりなのですか」

「とんでもありません。〈埼玉日報〉は弁護士会の意志を余すところなくお伝えいたします。何の誇張もなくです。もっとも、それで読者が何をどう感じるかは弊紙の関知するところではございませんが」

慇懃無礼（いんぎんぶれい）ではあるものの、尾上の言動に然（さ）したる逸脱はない。副会長たちは苛立（いらだ）ちを抑えるしかなかった。

「何よりワタクシが称賛したいのはあなたの勇気に対してなのですよ」

「どういう意味ですか」

「烏森、木嶋ときて次は名前が『ク』で始まる人権派弁護士。カエル男はとても律儀なシリアルキラーなので順番は必ず守るでしょう。それにも拘わらず公の場に姿を現し、顔を晒し、ご丁寧にも刑法第三十九条を護持すると公言したあなたはとても勇敢だと申し上げたのですよ、工藤涼子（くどうりょうこ）先生」

途端に工藤副会長は顔を真っ青にして膝から下を震わせ始めた。両隣の弁護士が支えようとしたが、彼女はいやいやをするように首を横に振る。

尾上は彼女の狼狽ぶりを確かめると、満足そうな笑みを浮かべて会見場から立ち去っていった。

結論を言えば、この会見は失敗だった。副会長たちの熱弁は却って「人権派弁護士」のイメージを固定化させ、一般市民の胸には届かなかった。所詮は観念論と片付けられ、従来人権派の言動を苦々しく思っていた人々からは出来の悪いパフォーマンスとしか受け取られなかったのだ。

中でも底意地の悪い一派などは、今回のカエル男の所業を社会的な自然淘汰とさえ決めつけた。被告人の人権を護るためなら裁判員を恫喝するのも正当な手段と嘯いていた「人権派弁護士」が、心神喪失者であるカエル男に粛清される。これこそ自業自得というものではないか。

こうして法務省が上げた観測気球は、各界各団体の思惑を照射することに成功した。後は省庁と政府が法改正による損得を勘定するだけとなる。

ただし、各界の動きはあくまでも周縁部分の話でしかない。真ん中には依然としてカエル男こと有働さゆりの存在がある。彼女の動向によって状況は猫の目のように変わるのだ。

捜査を続けながら、古手川は有働さゆりの気配を絶えず感じている。今や彼女は単なる殺人享楽者というだけではなく、この国の法律一つを変えてしまう存在に変貌していた。

三　乾かす

1

七月十八日月曜日午前六時五分、川口市本蓮。

「ふわあっ」

最寄りのバス停に降りた向畑は大欠伸を一つすると、工場に向かう一本道を歩き出した。休日明け、まだ早朝だというのに外気温は既に三十五度を超えアスファルトからは陽炎が立ち上っている。

市の東南部は工業専用地域として開発・造成された場所で、都心から十五キロと物流環境にも恵まれている。大小の工場が建ち並び、稼働時間には一斉に室外機から熱風が噴き出すため、地域丸ごと気温が急上昇する。

向畑の勤め先〈オギシマフーズ〉は食品加工の工場だった。主にコンビニエンスストアやスーパーで売られる冷凍食品やインスタント食品を取り扱っており、工場内の温度は常時低温が保たれている。猛暑の続く日には天国のような快適環境と言っていい。

もっとも快適と思えるのは涼しさだけだ。労働環境全般は決して芳しいものではない。

まず立ち仕事が多いために足腰に負担がかかる。向畑はまだ三十代半ばだが、そろそろ腰痛と肩凝りが常態化してきた。

次に作業スピードが速いので気が抜けない。休憩時間がくるまではひたすら手を動かさなければならないので、精神的にも肉体的にも疲労する。

更にライン作業が主体なので単調な仕事ばかりさせられ、特別なスキルも得られない。現に向畑はもう五年も同じラインに立ち続けているが、未だに何の技術も習得していない。これでは転職はおろか昇進も望めない。

そしてこれが一番の課題だが〈オギシマフーズ〉の基本給はとんでもなく安い。時給は千円を切っており、この辺りの工場では最低賃金だと人伝に聞いたことがある。基本給が安いから残業に精を出さざるを得ない。残業が多くなれば精神と肉体の疲労が溜まる。疲労が溜まると休日は外出する気にもならず、泥のように眠るだけになる。若ければ充分な睡眠で取れる疲労もあるが、三十代半ばではそろそろ無理も利かなくなってくる。

労働環境が良くないせいか、工場の離職率は高い。従って人手不足が慢性化しており、自ずと一人当たりの仕事量が増加傾向にある。当然作業時間が長くなり、また疲労が溜まる。絵に描いたような悪循環だった。

だが他のどこに転職しろと言うのか。

向畑は碌な資格を持っていない。資格で飯を食える時代ではないが、それでも持っているかどうかで職業選択の幅が大きく変わってくる。現状、自分は今の仕事を続けながら資格取得に励むしかないが、連日の残業と疲労の蓄積で思うように行動できない。

一つ救いがあるとすれば、最近新しい仕事が回ってきたことくらいか。ジョブローテーションなどという大層なものではなく、担当者が急に退職してしまったので、他の従業員にお鉢が回ってきただけの話だ。それでもライン作業に飽き飽きしていた向畑には気分転換にちょうどいい。

新規の仕事というのは始業前点検だった。ラインが稼働する前に床が食品の油で滑りやすくなっていないか。器機類に異状はないか。不審なものは落ちていないか。その他合計で八項目をチェックする。ライン作業が始まれば持ち場に戻るが、点検に要した時間分は早く帰れるし、特別手当も支給される。

皆が出社する前に全ラインを点検しなければならず、向畑は裏手にある通用口でＩＣチップ内蔵の社員証をリーダーに翳(かざ)す。電子ロックを解除してドアを開けると、中から冷気が噴き出してきた。

ああ、天国だ。

肌に痛いほどの冷気を全身に浴びると、先刻までの眠気が吹き飛んだ。向畑は早速滅菌室に飛び込んでクリーンスーツに着替える。スーツは少々厚手だが、この冷気の中ではちょうどお誂え向きと言える。

第一ラインから順に見回る。ラインごとの八項目点検は、慣れていても時間がかかる。点検漏れが原因で事故でも発生すれば、担当者の責任にされるので自ずと慎重にならざるを得ない。

まだ早番の従業員もおらず、空調の音だけが聞こえる中で向畑は作業に集中する。

第四ラインまで進んだ時だった。

視界の端で一点の異状を認めた。食品乾燥機が低い稼働音を響かせているのだ。前に立ってパネルを確認すると、やはり作動中で、しかも乾燥温度はＭＡＸの七十度に設定されている。

誰かが電源を切り忘れたに相違ない。昨日は休業日だったから、土曜日からスイッチが入りっぱなしだったことになる。

備え付けの食品乾燥機は業務用のＥＤＳ―70という代物で、大型冷蔵庫並みの容量を誇る。インスタント麺や具材を短時間で乾燥させて水分を飛ばす。乾燥しきった食材は湯に浸してやると原型に戻るという仕組みだ。

高温で乾燥させるので当然電気を食う。一日半も作動し続けていたのなら電力消費も相当量のはずだ。

だが向畑はすぐに気が付いた。

食品乾燥機の乾燥時間は最大でも十二時間までしか設定できない。設定時間を終了すれば自動的にスイッチが切れるようになっている。つまり休業日だった昨日に、何者かが食品乾燥機を作動させたことになる。しかも傍らには食材を載せる仕切り板が積まれている。何か大きな食材を処理している証拠だ。

様々な可能性を巡らせているうちに乾燥機が作業終了の電子音を発した。

最高温度で最大時間、いったいどんな食材を乾燥させたのだろうか。不審さよりも好奇心が勝り、向畑は乾燥機の扉に手を掛けた。

扉を開く力よりも中身が飛び出る勢いの方が強かった。開いた扉の隙間を押し広げて、中身がごろりと転がり出た。

途端に異臭が鼻を衝く。

最初は一匹丸ごとの豚肉かと思った。全身から水分が抜け、指で押せば割れてしまいそうなまで乾燥しきった皮膚、半分以下まで縮んだ体軀、肉の削げ落ちた四肢、そして艶を失った髪の毛。

ひっと短く叫び、向畑はその場で凍り付く。

豚などではない。

紛れもなく裸の人体だった。

耳元でかたかたと音がする。自分の歯の根が合わない音だった。急に支えをなくして、向畑は後ろの作業台に倒れかかる。

台に突いた手が何かに触れた。

紙切れだ。

動顛（どうてん）した頭が乾燥しきった人体から目を背けろと命じる。紙切れに移した視線が、書かれた文言を何とか読み取った。

きょう、かえるをつかまえたよ。

とてもあついひだったから、おひさまにあててみた。

なんじかんもなんじかんも。

どんどん、どんどんかわいていく。

とうとうほねとかわだけになって、まんなかからぱきんとおれたよ。

＊

乾燥死体と対面した古手川は、まず臭いが極端に少ないのに気がついた。

もちろん死体特有の異臭はするが、全身から水分が抜けているので、よほど鼻を近づけない限り臭わないのだ。第一発見者の証言によると扉を開けた瞬間に臭ったらしいが、庫内に籠った臭いが一気に開放されたからに相違ない。

ただし臭いがなくても異様さは格別だ。長期にではなく、短時間でミイラにされた死体は禍々しさの塊だった。乾燥しきった眼球は出来損ないの義眼のように眼窩の奥に引っ込み、唇は全面が罅割れている。関節部分も乾ききっているので容易に曲げられない。顔と言わず首から下と言わず、全身がほとんど骨と皮だけになっているので生前の様子は想像もつかない。変わり果てた姿というのは、こういう状態を指すのだろう。辛うじて男性であると判別できる程度だ。

人間の干物としか形容できなかった。魚の干物を見る度にこの死体を思い出す惧れがある。今まで凄惨な死体には何度もお目にかかったが、異様さではこれが一番だろう。

「こういう状態だからうっかり触ることもできない」

死体の傍らに立った検視官は忌々しそうに憤る。

「証言によれば七十度の温風で十二時間晒されていたそうだ。身体中の水分が飛び、おまけに骨の髄まで温められている。直腸温度を測っても死亡推定時刻は算出が難しい。胃の内容物も一緒に乾燥しているから消化具合も不明、眼球に至っては煮卵のような状態で白濁なんて段階じゃない」

検視官は力なく首を横に振る。

「まるで仕事をさせてもらえない。長年検視をしているが、正直お手上げだ。司法解剖に回したら、執刀医もきっと困惑するだろうな」

即座に光崎の仏頂面が脳裏に浮かぶ。あの老教授なら対象がミイラでも困惑はしないだろうが、文句が洩れなくついてくる。

「口にガムテープ、手足は結束バンドで拘束されているが、全身が乾燥するに従ってガムテープも結束バンドも自然に抜け落ちた。もっとも拘束が解ける前に極端な脱水症状で死亡していたと思われる」

「脱水症状で死にますか」

「成人男性の人体の六割は水分でできている。水分が二パーセント減少すると喉が渇きを訴える。三パーセントで食欲がなくなる。四パーセントで体温が上昇し疲労困憊となる。五パーセントで頭痛、八パーセントで全身が痙攣し始め、二十パーセントを超えると大抵の人間は死に至る」

　古手川が死体を丹念に観察すると、手首と足首に克明な擦り傷を認めた。

「気がついたか」

「検視官、これって」

「七十度の超高温だ。意識を失っていたとしてもすぐに目覚めたはずだ。だが拘束されている上に、内側からは扉が開かない。脱水症状で事切れる寸前まで本人は必死で脱出を試みて身もだえた。手足の擦り傷はその証拠だ」

　生きながらにして身体中の水分を強制的に失わされる。いったいどんな気分だったのか想像するのも躊躇われる。

「外傷らしい外傷も見当たらない。唯一残っているのは首筋の火傷だが、形状から察するにスタンガンの類だろう」

　電気ショックで気を失わせてからここまで運び、そのまま緩慢な死を待つ状態にする。烏森弁護士や木嶋弁護士の場合と全く同じだ。

「身ぐるみ剝いだのは、身元を隠すためですかね。これだけ顔かたちが変わっていたら面通ししても判別が難しい」

「身元隠しもあるかもしれないが、それよりは効率を追求した結果だと思う。何も着せない方が水分蒸発も早いからな」

古手川の傍らに立つ渡瀬は黙って検視官の説明を聞いている。感情の読めない目で死体を見下ろしているさまは、死体よりも不気味だと思った。

死体発見場所のフロアは四方がブルーシートに覆われ、鑑識係が採取作業を続けている。元々クリーンルーム並みに清潔さが保たれた場所なので、多くの採取物は望めないという話だった。だが、清潔さが常態化しているのなら不審な残留物は尚更目立つ。

「犯行声明文、本物ですかね」

古手川が問い掛けると、渡瀬は無言のまま紙片を突き出す。稚拙な筆跡と文章は紛れもなく有働さゆりのそれに思える。渡瀬が指摘した通り偽造は可能だが、偽物と断じる材料もない。

「少なくとも犯行態様だけはモノホンだ。人一人乾燥させようなんて発想は尋常ではないが、まだ理解の範疇。実行に移す段階でカエル男の犯行態様だ」

渡瀬は扉の開いた食品乾燥機の中を覗き見る。

「十段もある棚を全て取り払うと、ちょうど大の大人が入るスペースになる。広い空間で脱水症状にされるのも嫌だが、こんな狭苦しいところに押し込められて蒸し焼きにされるのはぞっとしねえな」

「犯人は乾燥機の扱いに慣れているんですかね」

「慣れは必要ない」

渡瀬は操作パネルを指す。配置されているのは電源と乾燥温度と時間のスイッチのみで、温度と時間に関してはデジタル表示もついている。

「レアもウェルダンも思いのまま。初心者でも操作ができる親切設計だ」

いくら何でも不謹慎だと部外者なら思うだろうが、カエル男と対峙してきた人間ならおぞましさを少しでも緩和させるためのジョークと分かる。

「工場内には監視カメラが常備されているみたいですね。犯行の一部始終が確認できます」

「もう鑑識がチェックを済ませた。駄目だ。監視カメラの半分がＳＤカードを抜かれている」

「じゃあ、あとの半分を」

「あとの半分はダミーだ」

古手川は思わず舌打ちする。最近は街中に設置されている防犯カメラもダミーの占める割合が多くなった。要は予算の都合だが、中小企業も懐事情は似たようなものらしい。

「せめて犯人の毛髪や体液が採取できれば」

「それもどうだかな。食品乾燥機を知っていたなら、クリーンスーツの存在も知っていたと考えるのが妥当だ。クリーンスーツを着て行動されたら指紋一つ、髪の毛一本も期待できん」

横に佇んでいた検視官はお役御免とばかりに立ち去っていく。いや、検視では大した成果を得られなかったから文字通りのお役御免だ。

乾燥死体は死体袋に積み込まれ、予想通り浦和医大法医学教室へと運ばれていく。光崎はともかく、真琴とキャシーがどんな反応を示すかは興味があった。

「人体乾燥に十二時間を費やしたとして、被害者が連れ込まれたのは昨晩六時以降。工場は休業日だったから人目にはつかなかったとしても、どうやって侵入したんですかね。正面も裏口も電子ロックになっていて社員証がなければ入館できませんよ」

「鑑識が他の場所も漁っている。証拠が出てきてから考えても遅くあるまい」

そこにタイミングよく捜査員と鑑識係が飛び込んできた。

「被害者のものと思しき遺留品を発見しました」

彼は片手にポリ袋を提げている。見れば運転免許証と社員証が入っている。

「滅菌室のダストボックスに着衣とともに放り込まれていました」

袋ごと受け取った渡瀬の肩越しに覗き見る。運転免許証の主は津万井伸郎四十五歳。だが社員証には三橋希美という女性らしき名前が記入されている。

「ただしスマホの類はまだ見つかっていません」

渡瀬は当然だというように頷いてみせる。

「さっきの質問の回答だ。犯人はこの社員証で工場内に侵入した。今すぐ、この三橋という従業員と連絡を取れ」

捜査員は脱兎のごとく駆け出していく。自分で侵入しておいて社員証を捨てるというのは理屈に合わないが、三橋希美が何らかのかたちで事件に関与しているのは明らかだ。

一方、免許証の持ち主である津万井伸郎はどうやら被害者らしい。死体の面立ちはすっかり変わっているが、わずかに写真の面影が残っている。

「津万井伸郎で弁護士照会」

県警一の切れ者と謳われる渡瀬だが、未だに通信端末の扱いは古手川に丸投げをする。労いの言葉もなく、もしや古手川をスマートフォンの付属品くらいにしか考えていないのではないか。

検索すると、すぐに該当者がヒットした。

『津万井伸郎、埼玉弁護士会所属』

「いくぞ」

行き先は訊くまでもない。免許証に記載された津万井の自宅住所に向かう。

覆面パトカーに乗り込んでも尚、渡瀬は無口だった。ただ川口市を出た頃、ぽつりと呟いた。

「他の読み方は思いつかん」

「何がですか」

渡瀬はこちらを見ようともしない。お前に訊いた訳じゃないと横顔が物語っている。だがこちらも訊いた以上は引っ込みがつかない。

「教えてくださいよ」

「運転中は脇見するな」

しばらく沈黙が続き、ようやく渡瀬が口を開いた。

「もう気づいているだろうが、今度の被害者はツマイ以外、名のりも当て字も思いつかん。ルールに合わない」

指摘されて、やっと気づいた。

烏森の「カ」、木嶋の「キ」。カエル男のルールに則る(のっと)なら三人目の被害者は「ク」で始まる名前でなくてはならないのだ。ところがどういう理由からか「ツマイ」が選ばれた。

「模倣犯、ですかね」

「分からん」

声の調子で苛立っているのが分かる。普通に話していても不機嫌に聞こえるので、聞き分けができるようになっただけでも大したものだと自分を褒めてやりたい。

「言うのは三度目だな。共通点を探ろうとするな」

それきり目的地に到着するまで渡瀬は口を噤んだ。

津万井の自宅はさいたま市緑区の浦和美園駅周辺にあった。この界隈はみそのウイングシティの区画整理と都市開発が継続中で人口も年々増えている。聞けば年収一千万円以上の世帯が全体の一割を超えているというから、浦和区に続く高所得者の街になる。

高層マンションの十二階、１２０１号室が津万井の自宅だ。一階オートロックから件の部屋を呼んでみると女性の声が返ってくる。古手川が身分と氏名を名乗ると、即座にドアが開いた。

『どうぞお入りください。ちょうどこちらから連絡しようとしていたところです』

部屋に入ると、先刻の声の女性が出迎えてくれた。

「津万井の妻で波留といいます」

途方に暮れた顔をしており、単刀直入に用件を切り出すのに抵抗を覚える。

だが話さなければ始まらない。

「ご主人の件でお伺いしました」

「わたしも夫の件で」

波留の話では昨日から連絡がつかず、帰宅もしていないと言う。切り出すのは今をおいて他にない。

「先ほど川口市のとある場所でご主人らしき男性の遺体が発見されました」

「嘘」

「現場からはご主人の運転免許証も見つかっています」

どこかで覚悟していたのだろう。波留は一瞬顔を強張らせたものの、さほど取り乱した様子は見せなかった。

しばらく俯き加減だった波留がようやく顔を上げる。

「主人は、どんな状況で亡くなったのですか」

ちらりと見ると、渡瀬はまだ詳細を話すなと首を横に振る。

「いずれご本人かどうか奥さんに確認してもらいますので」

「つまり、わたしの確認が必要なくらい、免許証の写真通りではなくなっているんですね」

こんな時によく頭が回るものだと、古手川は舌を巻く。

「現在、ご遺体は司法解剖に回されています。それが済めばすぐにお返しします」

「犯人を必ず捕まえてください」

「まだ事件と決まった訳じゃありませんよ」

「自殺なんてする人じゃありませんし、事故だったら最初に刑事さんが告げたはずです」

「ご主人が殺されるような事情に思い当たるフシでもありますか」

「日頃から本人が口癖のように言ってたんですよ。俺はどうせ畳の上では死ねない。きっと殺されるんだって」

「人に恨まれることをされていたんですか」

「弁護士ですから。誰かを助ければ、他の誰かから恨まれるのが弁護士という職業だと言っていました」

「具体的な名前は出なかったのですね」

「不特定多数です。少年犯罪の弁護をした時には、事務所に抗議の電話やメールが沢山届いたそうで、脅迫じみた内容のものも少なくなかったようです」

つまり津万井もまた「人権派弁護士」と見做す向きが存在したことになる。渡瀬は共通点を探るなと釘を刺すが、現状ではその括りこそが唯一の共通点となっている。

「今、弁護士が続けて被害者になっていますよね。主人もその犯人に狙われたのでしょうか」

「まだ捜査は始まったばかりで、何も判明していません」

「何も判明していないのなら、わたしも容疑者の内に数えられているのかしら」

「このマンションには何人でお住まいなんですか」

「去年までは娘がいましたが、大学入学を機に出ていきました。今は主人と二人きりの生活です。なので昨夜はわたしがずっと在宅していたことを証明してくれる者は誰もいません」

質問を先回りされ、古手川は面目を失う。食品乾燥機の稼働していた時間から逆算すれば、津万井が襲撃されたのは昨晩の六時からだ。それ以降のアリバイがない者は全て容疑者になり得る。

「念のために、ご主人の毛髪があれば提供してください」

何しろ死体があの有様だ。被害者を特定する材料が多いに越したことはない。

津万井が愛用していたヘアブラシを拝借し、古手川と渡瀬はマンションから辞去した。最初の訊き込みにも拘わらず、有用な情報は得られず終いだ。烏森弁護士と木嶋弁護士の捜査も捗っていない。これでは先が思いやられる。

いや、まだ突破口が存在する。

「有働さゆりさえ見つかれば」

しまったと思った時は既に遅かった。考えていたことが自然に口をついて出てしまった。

助手席の渡瀬が横目でこちらを睨んできた。

「そう思うか」

「え」

「有働さゆりの潜伏場所さえ分かれば、それで片がつくと本気で思っているのか」

「すいません。今回に限って先入観は禁物でした」

「そんな話をしているんじゃない」

渡瀬の声は暗く緊張していた。

2

津万井の事務所は同じ緑区でも北浦和駅近くの道祖土にあった。築十年ほど経過した雑居ビルの二階に赴くと、ドアには『臨時休業』の張り紙がある。

古手川は張り紙を無視してノックする。津万井が不在でも、問い合わせに対応するために事務員がいるはずだった。同行している渡瀬も特に咎めようとしない。

ノック五回目で、やっとドアが開けられた。

「ちょっと。表の張り紙が見えないんですか」

ドアの隙間から迷惑そうな男性の顔が覗く。おそらく事務員だろう。古手川が警察手帳を提示すると、さっと表情を変えた。

「津万井先生の件で伺いました。今、よろしいですか」

男性は古手川から渡瀬へ視線を移すと、無抵抗で二人を招き入れた。いつも思うが、渡瀬の凶悪顔は無言の圧力に持ってこいの材料だ。黙っているだけで圧になるので、自ずと訊き役は古手川になる。

事務所はさほど広くない。大型キャビネットに囲まれた中央には事務机が四脚、奥に鎮座する社長机は所長である津万井のものだろう。事務机の方にはメモらしき紙片が散らばっている。

「各方面から電話が鳴りっぱなしだったんですよ」

男性事務員は広戸(ひろと)と名乗った。

「午前中に警察から問い合わせの一報が入ったのを皮切りに、新聞社や知り合いの先生、弁護士会やクライアントからひっきりなしです」

「他にも事務員さんがいらっしゃるんじゃないですか」

「クライアントへの報告と今後について説明に出掛けています。僕は留守番ですよ」

「この事務所に弁護士は津万井先生一人だけだったんですか」

「そうですよっ」

広戸は自棄(やけ)気味に言い放つ。

「今までは先生一人に事務員が二人で、それなりに忙しかったんですけどね」

弁護士が一人きりなら、津万井がいなくなれば事務所は閉鎖せざるを得ない。広戸が苛立っているのは、降って湧いたアクシデントで我が身の振り方が不透明になったためか。

「遺体とは対面されるんですか」

「何とか今日中にはと考えています。それにしてもいったい何ですか、あれは。食品乾燥機に閉じ込めるなんて人間の発想じゃない」

津万井の遺体でも思い浮かべたのか、広戸は大きく顔を顰めてみせる。

「ウチの先生はでこっぱちで奥目だから何とか人相の見分けがつくと思いますけど、正直対面したいとは思えませんね。薄情かもしれませんけど」

「確かにひどい有様でした。津万井先生をあんな風に殺したいと憎む人物に心当たりはありませんか」

「先生は誰からも尊敬される、立派な人格者でした」

「しかし本人は口癖のように『俺はどうせ畳の上では死ねない。きっと殺されるんだ』と言っていたそうじゃないですか」

　指摘されて広戸は渋々認める。

「先生は結構、少年犯罪の案件を扱うことが多かったんです。二十歳未満の少年は少年法によって護られていますからね。彼らがどんな悪辣な犯罪をしでかしても成年以上の刑罰になるケースは少ない。世間が不満に思うのは当然ですが、判決が下りてしまえば、その矛先はどうしたって弁護人に向けられる。そういう仕組みなんです」

　津万井自身は人から恨みを買う人間ではないということか。しかし、その理屈では食品乾燥機に閉じ込める理由を説明しきれない。

「津万井先生が手掛けた事件で世間の耳目を集めたものを何件か知っています。最たるものは三少年による同級生生き埋め事件ですよね」

　事件は五年前に遡る。当時十八歳の不良グループは同級生の一人桑畑晃(くわはたあきら)くんを日頃からイジメの対象にしていた。カツアゲは日常茶飯事、小遣いを巻き上げ、親のカネを盗ませ、それもできなくなると万引きを強制した。やがて桑畑の両親に知られると、三少年は桑畑を山林に連れ出し、自ら穴を掘らせて彼を生き埋めにしたのだ。

　埋め方が雑であったため、間もなく桑畑少年の遺体が見つかった。彼の身体に残る無数の打撲傷が、埋められる直前の凄絶な暴力を物語っていた。

防犯カメラの映像により直ちに三少年が逮捕され、彼らの供述から犯行の一部始終が明らかになると、世間は憤怒に燃え上がった。

いくら少年とは言え、残虐に過ぎる。

人の心があるのか。

十八歳の皮を被った鬼畜ではないか。

燎原の火のように燃え上がる市民感情を煽るように、マスコミが三少年の過去の悪行を後追いで記事にしていく。世間は更に怒り、三少年は厳罰に処すべしとの声が日増しに高まっていく。

少年犯罪は全件が家庭裁判所で検察官送致（逆送）か保護処分かを決められる。三少年事件の場合は犯行態様の悪逆さから逆送決定がなされた。世間とマスコミの耳目はいやが上にも公判に注がれる。その公判で三少年の弁護に立ったのが津万井だ。

まだ少年法が改正される前であり、三少年は未成年として扱われた。未成年である限り、有罪になったとしても上限は懲役十五年、しかも基本的には少年刑務所で刑罰を受けることになる。

法廷において津万井が展開した戦術は少年法の理念を再度説くことだった。

『少年とは肉体的にも精神的にも社会的にも未成熟であり、環境の変化や適切な教育により劇的に立ち直ることができる存在です。従って少年法は罪を犯した少年に対しては成人同等の刑罰を科すのではなく、更生と健全な育成のために必要な保護処分を行うことを眼目としています。実際、少年の再非行率は成人の再犯率よりも低く、この事実は少年法が少年の更生に有効に機能していることを示しています。確かに本件での被告人たちの振る舞いは悪逆としか言いようがありません。しかし、そうした問題のある少年たちを更生させるための少年法ではありませんか。更生主義こそ我が国の裁判の本質であり、本件は更生主義が機能しているから再犯率が抑えられていることを改めて内外に示せるチャンスなのであります』

津万井の弁論は少年法の理想を一ミリも逸脱しないものだったが、それ故に説得力を持っていた。法の理念を謳われては裁判官たちも首肯せざるを得ず、裁判員たちに至っては事件に対する義憤を鎮められる結果となった。

そして結審を経て主犯格の少年は懲役三年六カ月、あとの二人は懲役二年の判決が下された。

判決言い渡しの直後、桑畑少年の母親は傍聴席で悲鳴のような泣き声を上げた。

『晃をあんな目に遭わせ、命も将来も奪った三人がほんの短い懲役で済まされるなんて。どうして、こんな理不尽が許されるんですか。この国の法律には正義がないんですか』

判決を不服とする母親とマスコミ対応に疲弊した父親の間はぎくしゃくし、その後まもなく破局を迎えることになる。

判決内容が報道されるや否や、世間とマスコミの反発は頂点に達した。勢いその矛先は弁護に立った津万井に向けられ、事務所には抗議電話が相次いだと言う。

津万井の弁論内容は至極真っ当であり、その点で彼が攻撃される謂れはない。だが謂れがなければ、探してでも己の鬱憤のはけ口にするのが世間というものだ。

「生き埋め事件以外の案件も似たようなものです。ウチの先生は何も功名心や自己顕示欲で弁護をしている訳じゃありません。少年法は、彼ら触法少年の健全な育成にとって不可欠だからと請け負っているだけです。それでも生き埋め事件のように、野次馬からの攻撃は常にあります。先生が法の理念を訴えれば訴えるほど外敵が激昂するという構図なのですよ」

俺はどうせ畳の上では死ねない、というのはそういう趣旨だったか。

「先生を殺したいと思う人物に心当たりはないかというご質問でしたよね。ええ、そう思っている人間は少なくないでしょうね。先生の弁護で触法少年の罪が減刑された事件は少なくないですからね。被害者と被害者遺族、そして判決を苦々しく思う外野は、先生が死ねばいいと思っているでしょう。実際に行動に移すかどうかは別問題ですけどね」

広戸の回答は納得できるが、あまりに常識に沿ったものであり有益な捜査情報とは言い難い。

「事務所には抗議電話や嫌がらせがあったと思いますが、中でも際立ったケースはありましたか」

「抗議電話や無言電話はしょっちゅうですが、先生の身に危害が加えられたとか事務所が破壊されたというケースはありませんね。あれば、すぐに被害届を出しますよ」

渡瀬はと見れば、興味が失せたというように視線をキャビネットの中に向けている。最後に広戸のアリバイを確認すると、十七日午後七時前後は家族で外食に出掛けていたという。外食なら店舗に設えられた防犯カメラやレシートの控えで確認できるだろう。

「また伺うかもしれませんが、その時はよろしくお願いします」

「あまり役に立たないと思いますけどね」

広戸はふるふると首を横に振る。


事務所を辞去した後、二人は〈オギシマフーズ〉に舞い戻った。鑑識作業もまだ継続中で、従業員からの事情聴取も順次進んでいる。滅菌室のダストボックスに社員証を投げ込まれていた三橋希美は、古手川が担当することになった。

「捜してたんです、社員証」

希美は悪びれた様子がまるでない。

「土曜日の退社時には確かにあったはずなんです。でも月曜の朝に服のポケットやバッグの中を捜しても見つからなかったので、すっかりパニくっちゃって」

古手川が見る限り、希美に取り繕った様子は認められない。

「慌てて主任さんに連絡して、臨時の社員証を発行してもらって工場内に入れたんです。いったい、どこに落ちてたんですか」

「滅菌室のダストボックスの中から発見されました」

ああそうかと、希美は合点がいったように頷いてみせる。

「きっとクリーンスーツを脱ぐ時に、一緒に紛れちゃったんですね」

希美は事もなげに答えるが、彼女の社員証は非常に重要な要素を孕んでいる。

〈オギシマフーズ〉は月曜から土曜日まで稼働し、日曜祝日が定休日となっている。従って土曜日の最終退出者の後は、向畑が始業前点検に出社するまでは誰も工場内に立ち入っていないはずだった。

ところが工場管制室にあるホストコンピューターには日曜十七日の午後六時四十五分、三橋希美の入館記録が残っているのだ。食品乾燥機のタイマーが十二時間設定であったのを考え併せれば、その時刻に入館した者が津万井を殺害した可能性が濃厚になる。

「実はこの社員証、日曜日に使用された記録があります」

古手川から要点を説明された希美は途端に顔色を一変させた。

「ちょ、ちょっと待ってください。それじゃあ、わたしが犯人だって言うんですか。冗談じゃない」

「死体で発見されたのは津万井という弁護士です。面識ありますか」

「ありません。そんな弁護士、見たことも聞いたこともありませんっ」

「聞くところによれば、滅菌室のダストボックスは最後の作業員がラインから退出した後に使用済みのクリーンスーツをまとめておくらしいですね」

「そうです。専門の業者にクリーニングに出すためです」

「その際、クリーンスーツ以外の遺失物、たとえばスマホとかの私物があれば保管しておくシステムなんだそうです。ところが土曜十六日の終業時に、そうした遺失物は報告されていません。つまり三橋さんの社員証は土曜日終業時点ではダストボックスになかったということです」

「違います。わたしじゃありませんっ」

希美はいやいやをするように身悶えする。だが本人がいくら否定しても、何者かが件の社員証を使用して無人の工場に侵入したのは間違いない。

「十七日の午後七時頃、三橋さんはどこで何をしていましたか」

質問の意図を解したらしく、希美はますます狼狽える。

「だから、わたしは本当に関係ないんですったら」

「まずは落ち着いてください」

古手川は荒ぶる動物を鎮めるように両手を出す。時間をかけると、次第に希美は呼吸を整えたようだ。

「もう一度訊きます。十七日の午後七時頃、あなたはどこで何をしていましたか」

「その時間は家で家族と過ごしていました。わたしはテレビでＮＨＫの大河ドラマを観ていました。主人はスマホで動画を見ていて、娘もスマホゲームで時間を潰していました」

「ご家族以外でそれを証明してくれる人はいますか」

「そんなの、いる訳ないじゃないですか」

とうとう希美は半泣きになる。まともな問答ができなくなって往生していると、ようやく渡瀬が割って入ってきた。

「あなたの同僚に桑畑という女性がいるのを知っていますか」

まるで予期せぬ質問だったらしく、一瞬希美は呆気(あっけ)に取られた様子だった。

「ええ、桑畑さんとはラインが一緒です。土曜日も一緒に退社しましたけど、彼女が何か」

「いったん事情聴取はこれで終わります。捜査へのご協力、感謝します」

希美が部屋を退出すると、早速古手川は渡瀬に食いつく。

「班長、今の質問は」

「さっき従業員名簿を眺めていたら知った名前に辿(たど)り着いた」

そんなものをいつ調べていたのかと、今更ながら舌を巻く。

「桑畑日美香(ひみか)。三少年の事件で生き埋めにされた桑畑少年の母親だ。彼女の勤める工場で被告人たちの減刑に貢献した弁護士が殺害された。これを無関係とするには無理がある」

直ちに桑畑日美香が呼ばれ、事情聴取の対象にされた。日美香の在籍を嗅ぎ出した渡瀬は相変わらず背後にいて、古手川のやり口を観察している。

渡瀬が古手川を鍛えようとしているのを肌身に感じる。だが、それを光栄と受け取る自分と鬱陶しく感じる自分とがいる。鬱陶しく感じるのは、渡瀬との力量の差がルーティンの中では埋まらないことを知っているからだ。

「桑畑日美香です」

古手川たちの前に現れた日美香はひどく疲れた印象の中年女だった。プロフィールでは今年四十八歳のはずだが、どう贔屓目に見ても五十代半ばに映る。

「工場内で死体が発見されたのはご存じですね」

「はい。主任さんから朝礼で聞きました」

「死んでいたのは弁護士の津万井伸郎氏でした」

無表情だった日美香の眉がぴくりと動く。

「津万井弁護士を知っていますね」

「この五年間、ひと時も晃を忘れたことはありません」

「いや、津万井弁護士ですよ」

「晃の無念を思うと、津万井弁護士への恨みがワンセットでついてきます。まさか彼がここで死ぬだなんて想像すらしませんでした」

「津万井弁護士の死体発見の状況はお聞き及びですか」

「はい。食品乾燥機の中で十二時間、たっぷり乾燥させられたと聞いています」

日美香は無表情のまま、ぼそりと呟いた。

「死者に鞭打つみたいですけど、いい気味だと思いました」

「いい気味、ですか」

「晃は自分で掘らされた穴に生き埋めにされました。息ができないのに誰も助けてくれない。さぞかし苦しかったでしょう。炙られて乾燥させられる苦しみも似たようなものだったら嬉しいです」

「ずいぶんひどいことを言ってますよ」

「死者に鞭打つと言ったじゃありませんか。そもそも罪人の罪を軽くした極悪人です。死体はどんな風でしたか」

「こちらの工場では食品乾燥の作業をしているから、おおよその想像はつくでしょう。七十度の高温で十二時間も炙られ続けたら人間の肉体がどうなるかなんて」

「乾燥しきって、ぱりぱりになります」

日美香は皮肉な笑みを浮かべる。古手川は久々にぞっとした。

「少し力を入れると簡単に割れてしまう。乾燥食材と同じ。でも食材と違って、お湯に浸しても元には戻らない。あの弁護士には相応しい末路です」

「それも大概ひどい言い種だと思いますが」

「自分が埋められる穴を掘らされる時の気持ち、想像したことがありますか。残酷さでは、その方が上ですよ。だから悔しさもあります」

「悔しい。どうして」

「できることなら、わたしがこの手で津万井弁護士を食品乾燥機の中に放り込みたかったです。それなら、もう少し気が晴れたでしょうね」

「津万井弁護士への殺意を認めますか」

「認めます。でなければ母親失格ですから。でも残念なことにわたしは殺していません。土曜日の終業から今朝まで、わたしは工場内に入っていませんから、津万井弁護士を殺すのは不可能です」

日美香の退出記録は既に把握している。土曜日十六日の午後六時十五分、希美とは五分遅れで工場を出ている。

だが、仮に希美の社員証を盗んでいたとしたらどうだろう。十七日の夜、彼女の社員証で工場内に忍び込むのは不可能ではない。勤めていれば、防犯カメラの位置もメモリカードの抜き取り方も承知しているのではないか。

決め手になるのは社員証と一緒にダストボックスに突っ込まれていたクリーンスーツだ。鑑識に回っているが、何かしらの残留物が認められれば犯人特定の手掛かりになる。

「今まで津万井弁護士に接触したことは、あるいはしようと試みたことはありますか」

「あります。控訴が棄却されて判決が確定してから、数回事務所に赴きました」

「抗議行動ですか」

「ひと言もふた言も言ってやらなきゃ気が済まなかった。いいえ、きっと散々言ったところで済まなかったでしょう。晃を失い、裁判の過程で夫とも別れました。三少年と彼らを弁護した津万井弁護士はわたしから全てを奪っていったんです。抗議しただけで許せるはずがないじゃないですか。もっとも、向こうは聞く耳も持っていませんでしたけど」

「抗議しに行ったんじゃないんですか」

「門前払いですよ。アポイントを取っていなければ面談も電話も出ないと、あそこの事務員さんに撥ねつけられました」

「では、あなたの犯行ではないのですね」

「カエル男の仕業じゃないんですか。工場の人たちは、皆そう言ってますよ。死体の近くにはカエル男の犯行声明文があったと聞いています」

「まだ、そうと決まった訳じゃありません」

「今度のカエル男の標的は人権派弁護士らしいですね。だとしたら津万井弁護士が狙われても仕方ありませんよね。晃の非業の死には目を瞑り、犯人たちの人権を護ることだけに奔走したんだもの。自分の人権だって、さほど大切には考えてなかったでしょうね」

平凡な風貌の日美香が悪態を吐くと、妖艶ではない代わりに不穏さがいや増す。いずれにしても人の悪意はどんな表層を纏っても邪悪なのだと思い知らされる。

「自分の手で津万井弁護士を殺せなかったのは悔しいですけど、カエル男さんには感謝しかありません。目の前にいたら握手したいくらいです」

自分が容疑者にされかねない局面でこれだけ悪意を曝け出せるのは大した度胸だと思った。他方、絶対に自分が疑われないという自信があるから本音を吐露してみせたという解釈もできる。

「念のために伺いますが、十七日の午後七時頃、桑畑さんはどこで何をしていましたか」

「家で夕食を摂ったり洗濯したりと家事をこなしていました。一人暮らしなので証言してくれる人はいませんけどね。わたしがそういう境遇になったのも、元はと言えば津万井弁護士のせいなんですよ」

日美香は皮肉な笑みを浮かべるのを忘れなかった。

日美香が部屋を出ていった後、古手川は渡瀬に疑問をぶつけてみた。

「今の彼女の証言、どう思いますか」

「どうもこうもない」

渡瀬はぶっきらぼうに言い捨てる。

「被害者遺族の勤める職場で相手方の弁護士が殺されたんだ。単なる偶然と片づけるには無理がある。それを自覚しているから、本人も半ば開き直った態度を見せた」

「容疑者リストから外せませんね」

「問題がある。彼女一人で津万井弁護士を拉致して、工場内に運び込めるかどうか。女一人で行うのは体力的に困難が伴う。だが共犯を疑おうにも、肝心の防犯カメラは無力化されている。それに」

不意に言葉が途切れる。渡瀬にしては珍しいことだった。

「それに、どうしたんですか」

「押収したクリーンスーツの鑑識結果を待ってから、再度尋問する」

明らかに言葉を濁していた。古手川に予断を与えないための配慮かとも思えるが、確かめさせてもくれないだろう。

その後、鑑識結果が上がると古手川は失望するしかなかった。ダストボックスに突っ込まれていたクリーンスーツの内側には発汗の形跡が認められたとある。勢い込んで報告書の先を読んでみるが、汗を分析したところ三橋希美のものと判明した。

つまり津万井弁護士と縁もゆかりもない三橋希美のクリーンスーツと社員証が証拠物件として残存し、彼を恨みに思う桑畑日美香は何ら物的証拠を残していないことになる。

「二人が共犯なら犯行が可能じゃないんですか」

「共犯と仮定しても、津万井弁護士に殺害の動機を持たない三橋希美のデメリットが大き過ぎる。ただ職場の同僚で仲がいいという理由だけで、殺人の片棒を担ぐようなお人好しはいない」

断言口調であっても、渡瀬の理屈には首肯せざるを得ない。すると渡瀬は、こちらをぎろりと睨んできた。

「一番に疑う点はそこじゃない。被害者の名前が五十音順のルールから外れているところだ。烏森の『カ』と木嶋の『キ』。だが、今度は『ツ』になっている」

3

翌日、古手川は浦和医大法医学教室に向かってクルマを走らせていた。本部で待っていれば解剖報告書が送られてくるが、解剖した光崎から直接話を聞きたかった。

本音を言ってしまえば真琴の顔を見たいのも理由の一つだった。凄惨極まる現場を連続して臨場すると、心の温度がどんどん下がっていくような感覚に囚われる。真琴に会うのは、いっときでも心の温もりを元に戻したいからだ。

真琴自身も毎日のように死体と向き合っているはずだが、会えば無理にでも笑ってもてなしてくれる。ただし古手川にとっては、ストレスを溜め込み眉間に皺を寄せている真琴も癒しの対象になる。

理屈よりも感情に走る性格は似ている。一方、趣味や食べ物の嗜好はことごとくばらばらで一致するものが少ない。習得している知識の分野も重なる部分が少ない。それなのにどうして、これほど彼女に惹かれるのか。

法医学教室を訪れると、真琴とキャシーが解剖の後処理をしていた。

「光崎先生は」

「閉腹が終わると、すぐ講義に戻りました」

真琴はメスや鉗子(かんし)といった器具を超音波洗浄機の中に放り込んでいる。

「ずいぶん愚痴ってましたよ。以前にも増して死体の損傷具合がひどい。碌にメスが入らないって」

「ワタシも同じ意見です。何しろ不用意にメスを入れようとすると角質化した皮膚が一気に罅割れるのですから。未消化の内容物は胃袋ごと乾燥しきっているし、大部分の水分は蒸発しているしで、執刀はまずお湯に戻すところから始めなければなりませんでした」

「キャシー先生、何だか嬉しそうに話しますね」

「珍しいケースの死体ですからね。Very valuable（とても貴重）な資料になります。存分に技術を行使できなかったボスは不満そうでしたが」

光崎は烏森弁護士の解剖の際も不機嫌だった。まともにメスさえ入らなかったのなら、今回は尚更機嫌が悪かったに相違ない。どちらにしても講義の終了を待たなければ、光崎から所見を聞くことができない。

「今回の解剖報告書ならこれから作成しようとしていたところです。口頭でよければ話しましょうか、古手川さん」

「悪いな。助かる」

机に古手川と真琴が座ると、無言でキャシーは解剖室へ消えていく。後処理の続きだろうが、ひょっとしたら気を利かせてくれたのかもしれない。無類の死体好きという性癖の持ち主だが、意外に細やかな気遣いを見せてくれる。

「直接の死因は極端な脱水症状だけど、多臓器不全症候群の症状も認められた。七十度の高温に十二時間も晒されていたら、当然と言えば当然よね」

二人きりになると真琴は急に砕けた口調になる。この切り替えもまた古手川には心地いい。

「胃の内容物も乾燥していたけど、消化過程での乾燥だったから死亡推定時刻は割り出せた。十七日の午後七時から八時までの間。古手川さんの話では、被害者が食品乾燥機に入れられたのは午後七時前後だったよね」

「ああ。設定されたタイマーの時間から逆算するとそうなる。つまり津万井弁護士は乾燥機に入れられて一時間以内には死亡したということか」

一時間以内の死が本人にとってせめてもの救いであったかどうかは疑わしい。三十五度の炎天下、アスファルトの上に数秒立っているだけで眩暈（めまい）を起こす者もいる。狭い箱に押し込まれ、その倍の高温で炙られ続けるのだ。想像するだけで顰め面になりそうだった。

「結束バンドとガムテで拘束されていたけど、筋肉の縮小とともに自然に外れている。関節に擦過傷が認められるけど、長くは抵抗できなかったみたいでどの傷も浅い」

「だろうな。七十度の高温だ。すぐに抵抗する気力も奪われる」

「頸部に火傷痕あり。最初の被害者の頸部に残っていたものと形状が一致。おそらく同タイプのスタンガンが使用された痕と思われます」

「やっぱり同一犯なのか」

「早合点しないで。あくまで同タイプのスタンガンというだけの話よ」

「そうだったな。しかし三つの事件には共通性があるから、どうしても結び付けてしまうんだよ」

「光崎教授の指摘した、人体に対する敬意のなさね」

「うん、犯行声明文の通りさ。人の肉体をオモチャとしか思っていない。綿密な計画性と相反する幼児性がカエル男の特徴でもある。おそらく、それは自分の肉体にしても同様だ。カエル男は山手線内で拘束から逃れるために自分の親指を食い千切っている。自分の肉体が大事だと思っているヤツは、なかなかそんな即断即決はできない」

　すると真琴はじっと古手川の顔を覗き込んできた。

「な、何だよ」

「古手川さん、例の犯人のこと、『カエル男』としか言わないよね」

「世間的には、そっちの方が通っているだろ」

「気づいている？　一度もわたしの前では『有働さゆり』の名前を出したことがない」

　指摘されるまでもない。

自分は有働さゆりという実在の人物を見ずしてカエル男の捜査に身を投じている。矛盾するようだが、残虐な犯行を続けるシリアルキラーと屈託なく笑うさゆりを完全な別人格として捉えているのだ。

「古手川さん。右手、開いてみせて」

「どうして」

「いいから」

半ば強引に腕を摑まれ、右手を開く。

掌(てのひら)には二本の古傷が走っている。小学生の頃、親友だと思っていた人間のイジメ被害を知りながら助けようともしなかった。二本傷はその親友から受けた、裏切り者としての刻印だった。

「本当に古傷よね。でも、ずいぶん薄れている」

「そりゃあ二十年以上も前の傷だからな」

「その親友のこと、最近思い出したりするの」

訊かれてようやく気づかされる。言われてみれば一課で仕事を続けるうちに、あまり親友の顔を思い出さなくなった。

「きっと、掌の傷と同じように嫌な記憶も薄れているのよ。古手川さん、今までずいぶん犯人を逮捕してきたでしょ。その積み重ねが自責の念を少しずつ緩和させているんだと思う」

「真琴先生は精神の解剖までするのか」

「茶化さないで」

まぜっ返したものの、真琴の分析は中らずと雖も遠からずだろう。自分の心を読まれるのは不愉快なはずだが、相手が真琴なら却って安堵する。

「古手川さんと有働さゆりとの間に何があったのかは聞いている。精神的にも肉体的にも傷つけられたのも知っている」

「その傷も時間とともに薄らいでいくって言うのかい。言っとくけど、俺はカエル男のことなんて全然」

言いかけて止めた。真琴は軽くこちらを睨んでいる。

「ほら、また有働さゆりって言わなかった」

「口癖ってものがあるだろ」

「その口癖の原因は有働さゆりを殺人犯だと認めたくないからだと思う」

認めたくないが、身に覚えがあるので返す言葉が見つからない。

「逆に言えば、その思い込みを捨てない限り彼女を逮捕できないって解釈かい」

「そこまでは言ってません」

真琴は否定するが、それが取り繕いであることくらいは古手川にも分かる。事情も原因も推察できるが、こちらに無理を強いるのが嫌なのだろう。

「真琴先生のカウンセリングは的確だよ」

真琴の罪悪感を少しでも和らげたくて、古手川は続ける。

「俺ン家は元々夫婦仲も良くなかったし、親子の間も断絶してたから、あまり母親の記憶ってのがないんだ。有働さゆりをシリアルキラーだと思いたくないのは、それが原因かもな」

己が有働さゆりに母性を感じているのは否定できない。早急にさゆりを逮捕しなければと銘じるのも、市民生活の安寧よりはこれ以上彼女に罪を重ねてほしくないからなのかもしれなかった。

「彼女が解離性同一性障害だというのは話したよな」

「うん」

「俺が彼女を『有働さゆり』と『カエル男』とに使い分けているのは、その障害のせいでもある。逮捕後に八王子の医療刑務所に収容されていたんだけど、ベッドの上やピアノの前では完全な『有働さゆり』なんだ。ところが八刑を脱走したり大量殺人をしでかしたりする時には残酷無比の『カエル男』に変貌する。その落差が激し過ぎて、とても同一人物とは思えない。それは本当なんだよ」

　しばらく真琴は古手川の目を見つめていたが、やがてこちらの右手を強く握ってきた。

「一つだけ約束して」

「何だよ」

「相手が刃物を手にしたら警戒して」

「そんなの逮捕術の初歩の初歩じゃないかよ」

「古手川さん、怪我する時は大抵向こう傷じゃないの。背中の傷なんか一つもない」

「犯人を前にして逃げる訳にいかないだろう」

「中学生みたいなこと言わないで。もし目の前に彼女が立っていたとして、それが『有働さゆり』なのか『カエル男』なのか見分けがつかないのなら、絶対に無茶をしないで。でないと、今度こそ命にかかわるような大怪我をする」

「断定するんだな」

「『古手川和也は猪突猛進と考えなしでできている』」

「ひでえ言い種だな」

「これ、渡瀬警部の受け売り」

「ひでえ上司だな」


作成されたばかりの解剖報告書を手に、古手川は法医学教室を後にする。

真琴の忠告はくすぐったいが身に染みた。本気で古手川の身を案じてくれているのが感じられたからだ。

相手がカエル男となると暴走気味になるのは渡瀬からも指摘された。同じく身近にいる真琴からも同じ指摘をされたのだから、おそらく的を射ているのだろう。

刑事部屋に戻ると見慣れぬ光景が広がっていた。渡瀬が脇に紙片の山をこさえ、パソコン画面を熱心に見ている。

「班長、いったい何を」

「ちょうどいい。代われ」

渡瀬が閲覧していたのは警察のデータベースの一部で、弁護士のプロフィール一覧だった。弁護士の顔写真と経歴、所属する弁護士会と担当した事件の概要がずらりと並んでいる。上部を見れば、検索条件は名前が「ク」で始まる弁護士となっている。

「所属弁護士会の縛りは解除してある。名前が『ク』で始まる弁護士で、担当した案件で世間の耳目を集めた事件があるかないかを拾っている」

「ひょっとしたら三人目の犠牲者になったかもしれない弁護士を検索したんですか」

「首都圏だけで五十人以上、その中で刑法三十九条絡みや少年犯罪を弁護した弁護士が三十二人。カエル男がルールを厳守するのなら、この三十二人の誰かを狙わなきゃ辻褄が合わない」

「ところが殺されたのは頭文字が『ツ』だった。殺す相手を間違えた可能性がありませんか」

「烏森弁護士も木嶋弁護士も外出中に拉致されている。犯人が被害者の顔と行動パターンを下調べしていなけりゃ、そんな真似はできない。津万井弁護士も同様に外出中に拉致されているが、今回に限り対象者を間違えたとは考え難い。今まで有働さゆりが標的を間違えたこともない」

「便乗犯の可能性はどうですか。津万井弁護士に恨みを持つヤツがカエル男の犯行を真似た可能性です」

渡瀬は首を横に振る。

「カエル男の犯行となれば埼玉県警のみならず警視庁も動く。投入される捜査員は通常の数倍になる。そんな警戒態勢の下で便乗するのはリスクが高過ぎる。加えて、五十音順のルールを守って『ク』で始まる弁護士を殺すのならまだしも、ルールを破っているから便乗する意味も半分がた放棄している。まるで辻褄が合わん」

「標的を間違えた訳でも便乗した訳でもない。じゃあカエル男が意図的に自ら課したルールを破ったことになりますよ」

「思いつく可能性を排除していくと、そういう結論に落ち着く。カエル男はシリアルキラーだが無秩序じゃない。ルール破りには必ず何らかの理由がある。それが分からん限り、次の標的を予想することもできん」

渡瀬の口調には悲愴な響きすら聞き取れる。老練な渡瀬がこれほどまでに焦燥を見せるのは、カエル男事件くらいではないのか。

翌朝、何回目かの捜査会議が開かれたが、雛壇にはいつものメンバーに加えて見慣れぬ男が座っていた。葛目管理官と里中本部長、そして栗栖一課長の顔つきから彼が招かれざる客であるのが察せられる。端に座る渡瀬は不機嫌が常態なのでよく分からない。

会議は被害者の死体発見の状況報告から解剖報告、鑑識報告と続く。現場にこれ見よがしに置かれていた稚拙な犯行声明文でカエル男の関与が認められると、居並ぶ捜査員の中から呪詛（じゅそ）とも失意とも取れる声が洩れる。

「地取りの結果はどうだった」

川口署の捜査員が立ち上がる。

「現場となった〈オギシマフーズ〉は工業専用地域の中にあり、同工場の周辺はいずれも日曜祝日は定休日になっています。日中、人の姿はまばらで、陽が落ちれば更に行き来は乏しくなります。防犯カメラは設置されているものの数は多くなく、現在、不審人物の情報は得られていません」

「次に鑑取り」

古手川が立ち上がり、自宅で津万井波留と、事務所で広戸から聴取した内容を説明する。津万井が生き埋め事件の弁護人であった事実に、ああと合点のいった声を上げる者もいた。

「見事に三少年の減刑を勝ち取ったという意味では、津万井も人権派弁護士の一人ということか。カエル男の目的はブレていないな。もっとも被害者の頭文字が五十音順から外れてはいるが」

葛目の声が自嘲気味に響く。無理もない。捜査会議を開く度に死体の数が増えているのだ。

この状況が続けば間違いなく手前の評価はがた落ちになる。

「被害者の頭文字が『ク』でない理由は不明だが、犯行声明文の筆跡と犯行態様は一致している。模倣犯の可能性は留保しながら、有働さゆりの捜索に全力を尽くすという捜査方針に変更はない」

葛目の打ち出す捜査方針に渡瀬は何の反応も示さない。昨日、数多の資料と格闘していた老兵と同一人物とは思えないが、自身の思い込みだけで捜査本部を混乱させるのを避けているのだろう。

捜査会議では沈黙を守る本部長や一課長は通常運転として、やはり皆が気にしているのは見慣れぬ顔の男に相違ない。

ただし古手川は彼を見知っていた。何度か警視庁と合同捜査をした際、雛壇に座っていたのを記憶している。

そろそろ頃合いとみたのか、葛目は男の方に視線を移した。

「紹介がまだだったな。警視庁捜査一課の津村課長だ」

名前を呼ばれ、津村は軽く一礼する。

「この場に津村課長が参加しているのは、今話した捜査方針に関連するからだ。詳細は津村課長から説明してもらう」

葛目から引き継いだ津村がマイクを握る。

「警視庁捜査一課の津村です。この場に顔を連ねているのは、本件がカエル男こと有働さゆりの犯行と思われるからです。ご存じでしょうが、有働さゆりは八刑を脱走して以来、各地で重大事件を引き起こしてきた。富士見インペリアルホテルでの大量毒殺事件、上信越自動車道における大型バス爆破事件、秋川第一中学校放火事件、フィットネスクラブ爆破事件。この四件で死者は四十九人に上っている」

四十九人の死者を出した一連の事件は全国に知れ渡っている。現場付近の防犯カメラの映像を分析した結果、有働さゆりの犯行であると断定されたのだ。捜査の陣頭に立ったのは警視庁であり、有働さゆりの再始動を聞きつけた彼らが、指を咥えて傍観しているはずもなかった。

「我々は首都圏全域に捜査網を張り巡らせ、有働さゆりの逮捕に全力を尽くした。しかしながら敵は神出鬼没で、最後に山手線車内で目撃されたのを最後に消息を絶ってしまった」

津村の口調は淡々としているが、感情を抑えているのが表情で分かる。この場に居合わせているのが埼玉県警の刑事たちでなければ、怒鳴り散らしているところだろう。

「本件で、防犯カメラに映った不審者は有働さゆりと特定されたと聞いている。カエル男の事件は四十九の被害者を出した四事件と地続きになっている。警視庁は埼玉県警と連携を取り、互いの捜査情報を共有しつつ有働さゆりの逮捕に臨みたい」

津村の宣言は県警の捜査員たちに二つの感想を呼び起こす。一つは強力な援軍を得ての奮起、もう一つは獲物を後発に攫われるのではないかという不快感だ。

古手川の中でも二つの感情がせめぎ合っている。警視庁の捜査能力は地方警察のそれを大きく凌駕する。人員も指揮系統もレベルが違う。合同捜査ともなれば相応の成果が期待できる。

一方、有働さゆりを逮捕するのは自分しかいないという信念が強くある。彼女には大きな傷も、深い憩いも与えられた。愛憎半ばし、未だ正確に己の気持ちを整理できないが、彼女をこの手で捕縛できれば解消できると考えている。

「警視庁捜査一課との合同捜査を展開するうえで、言っておきたい」

再びマイクを握った葛目は一つ咳払いをする。その時、渡瀬がわずかに唇を歪めたのを古手川は見逃さなかった。

「埼玉県内で起こした連続殺人に続き、四十九人もの命を奪った大量殺人。たった一人で五十人以上も殺害した例など日本の犯罪史上例を見ない。既に有働さゆりは単なる連続殺人犯という枠を超えて、第一級のテロリストに成り上がった。彼奴(きやつ)の思想信条は関係ない。有働さゆりを放置しておけば死体の山が次々にできる。我々は何としてでも彼奴の動きを封じなければならない。そのためにはSAT（Special Assault Team 特殊部隊）の導入もやむを得ないと考える」

思わず古手川は腰を浮かしかける。渡瀬が唇を歪めた理由はこれだったか。

SATは警備部に編成されている部隊で、通常はハイジャックや重要施設占拠などの重大テロ事件を担当する。まさか一人のシリアルキラー対策に駆り出されるとは想像もしていなかった。

　他の捜査員も古手川と同じ衝撃だったらしく、席のあちこちから動揺が伝わってくる。

「静かに。たかが殺人犯一人にＳＡＴの導入は過剰対応という意見もあるだろう。だが先にも言ったように有働さゆりはテロリストだ。従ってＳＡＴの運用は妥当と考える」

　ＳＡＴの運用とは、言い換えれば犯人の動きに少しでも脅威が認められれば即射撃態勢に移るということだ。

　冗談じゃないぞ。

　言葉より先に身体が動いた。許可もされていないのに立ち上がる。

「相手は中年女性一人ですよ」

　一瞬、唐突な反論に会議室は静まり返る。すぐに葛目は気分を害したように顔を顰める。

「発言を許していないぞ」

「女一人にＳＡＴを向けたら埼玉県警の名折れになりませんか。世間やマスコミだって黙っちゃいないでしょう」

「有働さゆりによる犠牲者を増やして非難されるのと、彼奴を射殺してテロリストの人権を問われるのと、どっちがいい」

「しかし」

　続けようとしたその時、渡瀬の低い声が会議室に響いた。

「黙ってろ」

古手川の発言でざわめきかけた会議室は再び静まり返る。渡瀬は皆の緊張を気にする風もなく葛目に話し掛ける。

「古手川は最初の事件で有働さゆりに半死半生の目に遭わされている。今の発言は犯人憎しのものだから聞き流せばいい」

「そうか。そうだったな。それなら致し方ない」

古手川の受けた重傷を思い出したのか、葛目はそれ以上不規則発言を咎めなかった。拳を振り上げたものの、渡瀬に封じられた古手川こそいい面の皮だ。

「今後は警視庁、並びにＳＡＴを含めた総力戦で捜査に臨む。各員の奮励に期待する。以上だ」

葛目が散会を告げると、古手川は渡瀬の許に進む。赤点の答案を取りにいく時の心境だった。

「さっきはすいませんでした」

「ふん」

「ＳＡＴを頼るなんて聞いてませんよ」

「俺も捜査会議が始まる直前に聞いた」

「有働さゆりは発見次第射殺ですか」

「早合点するな。あくまでその場の状況判断だ。一般市民もしくは警察官が危険な状態に瀕しているケースで射殺命令が下る」

「有働さゆりをテロリストと認定した時点で、いつでも射殺命令が下せるんじゃないですか」

渡瀬にひと睨みされ、古手川は口を噤む。

「さっき管理官が、有働さゆりによる犠牲者を増やして非難されるのと、射殺してテロリストの人権を問われるのを比較しただろ。あれは本音だ。市民の生命と財産を護る警察は、有働さゆりの人権よりも社会の安寧を優先する。お前がいくら抗おうが天秤の傾きは変わらん」

「俺だって優先順位くらいは分かりますよ」

「本当にそうか」

渡瀬はぐいと顔を近づける。

「仮に有働さゆりが新たな犠牲者を手に掛けようとする場面に居合わせたら、お前は躊躇なく引き金を引けるのか」

悔しいが、すぐには答えられなかった。

「五十人以上も人を殺した犯罪者だ。即刻射殺したとしても疑義を唱えるのは人権を声高に叫ぶお調子者だけで、世間の多くは支持あるいは容認してくれる。管理官はそう計算しているし、事実的を射ている」

「でも」

「ＳＡＴが現場に到着する前に、俺たちが有働さゆりの身柄を確保してしまえばいいだけの話だろう」

これだ。

肝心なところで胸を刺してくるから逆らえなくなる。

「有働さゆりは信号を発している」

「え」

「自分以外の誰かに向けて、何かの意思を伝えようとしている。それが五十音順のルール破りだ。その意図をいち早く解読したヤツが彼女に接触できる」

「本当ですか」

「少なくとも俺はそう信じている。お前も考えろ。捜査本部の中で最も有働さゆりの魂に近づいたのはお前だ。考えて考えて考え抜け。解答を出さなけりゃ、有働さゆりがみすみすＳＡＴに射殺される羽目になるぞ」

喉元にナイフを突きつけられているような気がした。

4

さゆりが一曲弾き終えても拍手一つなかった。

バーラウンジの客は会話に夢中で曲が終わったことも知らないかのようだ。だが、さゆりは一向に気にしない。ここは酒を呑み、相手を口説く場所だ。音楽は耳障りにならない程度で鳴っていればいい。さゆりにしても、ピアノを弾くというより、鍵盤を叩いて時間を潰しているに過ぎない。とにかく会話の邪魔にならない演奏さえしていればカネを稼げる。

有名曲はメロディさえ弾いていればそれなりに聴けるし、片手でも演奏可能だ。右手親指を欠損しているさゆりにとって、このバイトはうってつけと言っていい。途中休憩を挟んで二時間も弾いていれば結構な報酬になる。

親指を咬み千切ったのは咄嗟の判断だった。手錠を嵌められ、そのままでは身の危険を回避できなかったから判断自体に間違いはなかった。

だが、まともにピアノを弾けない指になってしまったことについては後悔がある。山手線の電車から吐き出された後、咬み千切ったばかりの親指を抱えて何とか自力で接着しようとしたが駄目だった。指は挫滅部分から腐乱し、数時間もせぬうちに死んでしまった。

片手で弾ける曲は少なくないが、決して多くもない。拘束を解いたことで命は助かったが、ピアノ弾きとしては半分死んだようなものだ。無論、左手だけで名声を勝ち得た演奏家も存在するが、到底さゆりが比肩できるレベルではない。

鬱憤を存分に発散できないまま、最後の演奏曲となった。残り十分程度で弾ける曲を考えていると、ウエイターが近づいてきた。

「ヨーコさん、リクエストです」

客からのリクエストは珍しい。差し出された紙片に目を落とすと『左手のための別れの曲』

と記されている。さゆりは反射的に右手を隠した。

〈別れの曲〉は言わずと知れたショパンの練習曲で、作曲した本人が「これ以上美しい旋律は二度と書くことはできないだろう」と語っているほど叙情的な名曲だ。この名曲をレオポルド・ゴドフスキーが左手のみで演奏できるように編曲したのが〈左手のための別れの曲〉になる。

紙片を眺めているうちに、むらむらと反発心が頭を擡(もた)げてきた。

客の誰かが、さゆりが左手だけで弾いているのを見咎めたのか。あるいは別れ話の演出にリクエストしたのか。皮肉のつもりなら受けて立つ。同情しているのなら目にもの見せてやる。期待しているのなら応えてみせる。

さゆりは背筋を伸ばし、鍵盤の上に左手を翳す。

最初の静かな一音で曲が始まる。普段クラシックを聴かない者も含め、ほぼ全ての人間が耳にしたことのあるメロディ。この曲は三部構成になっているが、導入部の抒情性(じょじょうせい)が、まず聴く者の心を捉えて離さない。

ショパンの原曲ではそこそこに速いテンポが指定されているが、実際の演奏では半分から三分の一の速さで弾いた方が、曲想のロマンチシズムを表現しやすい。事実、ラウンジの客が有名なメロディに気づいて会話が途切れ始めている。

ショパンの原曲はE Dur、ゴドフスキーの編曲はそれより増2度低いDes Durで弾く。ゆったりと低く。中間部のテンポががらりと変わるので、提示部の緩やかさがより対照的になる。主題が反復しながら更に深い抒情を描き出す。単一メロディの繰り返しだけで感慨が深くなるのは構成にまるで隙がないからだ。

それにしてもと思う。何と美しい旋律なのだろう。ショパン本人が自賛するのも無理はない。作曲者の魂が反映したメロディを集中して刻んでいるとピアノ講師「有働さゆり」の人格が定着する。一日中鍵盤を弾き、己のピアニズムを追求していた日々が甦る。そういえば、昔同じ教室でしのぎを削っていた者の中に岬洋介（みさきようすけ）という天才がいた。今や岬は世界的なピアニストに上り詰めたが、さゆりもある時期までは彼と競い合っていたのだ。

どうして二人の間でこんな落差ができてしまったのだろうと考える時もあるが、いつも同じ結論に落ち着く。

所詮、才能には勝てない。

思えば最初に逢った日から彼我との間は歴然としていた。岬は喜怒哀楽、明朗さも陰湿さも全ての感情を己のピアニズムに昇華させる術（すべ）を備えていた。それに比べ、さゆりは譜面に指示された記号を洩れなく音にするのがやっとだったのだ。結局コンサート・ピアニストの夢は破れ、町のピアノ講師をしているうちに内なる異常性格者を目覚めさせてしまった。

さゆりは絶望を断ち切るようにひときわ強い打鍵を放ち、またすぐに元の力に戻す。このアクセントが緩やかな曲調に緊張感をもたらす。いったん曲が落ち着き音も途切れがちになるが、これは中間部で跳ね上がるための助走と言ってもいい。

　中間部に入ると、曲は転調して軽快なステップを刻みだす。激変する曲調はショパンの他の練習曲には見られないものだ。プロもアマチュアもこの中間部が難しい。ショパン自身がcon bravura（コン・ブラヴーラ）と指示しているように「颯爽と、技巧的に」演奏しなければならない。鍵盤間の跳躍が頻繁にあるため、手の小さな演奏者には尚更困難になる。だが、さゆりはこの難関を左手のみで越えていく。

　強い打鍵が空気を切り裂く。先刻までの優雅な旋律とは別物のように、切羽詰まった緊張感が指先から身体中に伝わる。目まぐるしく上下向を繰り返し、さゆりの指先は本体とは別の生き物のように蠢く。

　曲想はいよいよ荒々しくなり、五本の指は一瞬も止まることがない。原曲でも右手と左手は対称的な動きを強いられる箇所であり、一気に体力を消耗する。

　原曲〈別れの曲〉でもこの箇所は左手の三四五指で指越えや指潜りを強いられる部分だ。右手で奏するべきメロディと重ねるため、超絶技法を連続させる羽目になる。しかも多声が重なる部分はレガートで奏でなければならない。

　アマチュアなら、ここでレガート奏法よりもペダルを選択する。音を長く持続させるのならペダルを踏んでも同じ効果が得られるからだ。

　だが久々に火がついたさゆりは敢えてレガートに拘る。ペダルを踏んで打鍵すると、打鍵していない弦が共振し音が濁ってしまうからだ。リクエストした客のためではなく、己のために演奏を誤魔化したくない。

高音部を左手で弾いていても右半身の筋肉は絶えず動いている。そのため、右手親指の切断面がじくじくとする痛みを思い出す。

本来は対称的な動きをする六度の重音が八小節に亘(わた)って立ち上がり、激情は頂点に達する。頂点を過ぎると曲調はいったん落ち着く。ここからは再現部だ。さゆりは最初に示した主題を情感たっぷりに歌い上げる。テンポは緩やかだが裾野の広い雄大さを演出する。

演奏に没頭していると幸福な時間を思い出す。音楽は常に自分とともにあった。ピアノさえ弾いていれば家庭の不和も迫りくるローンの鬱陶しさも忘れられた。感情をピアノに仮託すれば、どこまでも自由になれる気がした。

だがいったんピアノから離れると、途端に不安が襲ってきた。不安は疑心暗鬼を呼び、やがて殺人鬼を連れてきた。

自分の中には有働さゆりとカエル男が同居している。有働さゆりの人格を維持するためにはピアノを弾き続けるしかないのだが、取り巻く環境がそれを許してくれない。挙句に親指を一本欠損し、状況は悪化する一方だった。

それでもショパンの曲は天界の喜びを謳う。さゆりは呼吸を整え、これ以上ないほど高らかに主題を奏でる。大きな打鍵がラウンジにどう響くかは考えていない。ひたすら己の意識が鍵盤に伝わるかどうかに心を砕く。

しばしの昂揚の後、曲調は次第に緩やかになっていく。

切なく、
愛おしく、
この世の全てを慈しむように。

やがて最後の一音が、酒と香水の漂う空気の中に消えていく。

ふうっと、さゆりが息を吐いたその時だった。

ラウンジのあちらこちらから控えめな拍手が起きた。まばらではあるが、おざなりではない本物の称賛のような拍手だった。

「お疲れ様でした」

先のウエイターが演奏の終わりを告げにきた。

「今の演奏、エグかったスね」

「どうも」

「ヨーコさんのあんなパフォーマンス、初めて見ました。いつもは三味線（しゃみせん）弾いてたんですか」

「弾いていたのはピアノでしょ」

煩（うるさ）そうに取り繕いはしたが、嫌な気はしない。彼の言う通り、久々に全力を発揮できた演奏だった。心地よい疲労と脱力感が全身を包む。

「お疲れ」

ウエイターに会釈し、さゆりはステージから更衣室へと向かう。まるで予期しなかった昂揚に、まだ指先が燻（くすぶ）っている。

バーラウンジでのバイト演奏を始めたのは二週間前だった。横浜駅周辺で昼食を摂ろうとこのホテルに入ったところ、ラウンジにバイト募集の張り紙を見つけたのだ。スタッフに事情を聞いたところ、契約していたピアニストが突然辞めてしまったらしい。格式の高いホテルでもなく、急募していたせいだろうか、左手だけでも充分演奏できるのを証明すると履歴書なしで雇ってくれた。ヨーコという偽名でそのまま通ってしまった。

連続殺人犯として手配書が回っているだろうが、化粧と簡単な変装のお蔭でホテルスタッフからはまだ疑われている気配はない。手配書が張られていても、案外道往く人はすれ違う者の顔を見ないし、見ても手配書の顔と比べようとしないものだ。ただし、いずれは誰かが勘づくに違いないからいつでも逃げ出せる準備はしている。逃走の合間にピアノが弾ければ、場所はどこでも構わない。

着替えを済ませて真夜中の街に出る。いっときはコロナ禍で絶えていた人出も戻り、午後十時を過ぎて尚、駅前はサラリーマンやカップルたちで賑わっていた。人出の多い方が紛れやすいので、さゆりにも好都合だった。

横浜駅西口界隈は決して美麗な通りではない。川は汚れ、ビルは無秩序に建ち、原色の看板が猥雑(わいざつ)に並ぶさまはアジアの発展途上国を連想させる。

だが、その雑多さがさゆりには心地いい。小綺麗な場所に憧憬はあるが、自分には似つかわしくないことを知っている。スポットライトを浴びたい気分はあるが、強い光に照らされたら眩暈を覚えるかもしれない。

ずいぶん人を殺してきた。

内なる殺人鬼が人格を支配していたと言えば格好の弁解になるが、それも自分の一部なので責める者は責める。そもそも己が祝福される人間でないのは身に染みて知っている。スポットライトの下で自己陶酔できるような人間ではない。

さゆりよりも狡猾な女に手足のごとく操られた時期がある。ピアノから遠ざかっていたことも手伝って、鬼の顔が覗く時間が長く続いた。以前から罪悪感は麻痺(まひ)しがちだったが、大量殺人を繰り返したことで人間らしい感情はますます鈍磨したような気がする。

さゆりがこの街の雑多さを好んでいるのは、猥雑が己の存在を掻き消してくれるからだ。いつでもどこでも闇は重宝だ。狂気も絶望も厭世も全て溶かしてくれる。横浜駅西口ジョイナス前をカエル男が歩いていても誰一人として注意を払う者がいない。

パルナード通りを歩いていると、シャッターを下ろした店舗の前で子どもが膝を抱えて地べたに座っていた。

この辺りは不良の溜まり場で、深夜近くともなれば化粧の剝げかけた少女やどこか昏い目をした少年が誘蛾灯(ゆうがとう)に誘われる虫のように集まってくる。さながら横浜のトー横といったところか。

　ガキと関わり合うつもりは毛頭なく、この日もさゆりは通り過ぎようとした。

だが、子どもの履いている靴の先がすっかり擦り減っているのを見た。全身に視線を走らせれば、着衣はところどころが汚れるか破れているかだった。

さっさと立ち去れ、という声を無視していると、やがて子どもが顔を上げた。

小学生くらいの男の子だった。

不意に目が合った。こんばんは、と先に声を掛けてきたのは少年の方だった。

「坊や、一人なの」

「見ての通り」

「こんなところで何してるの」

「待ってる」

「友だちか誰かを?」

「朝がくるのを」

　こまっしゃくれた子どもだと思った。言うことが思いきり背伸びしている。身なりから察するにストリートチルドレンの類だろう。親と喧嘩したのか、それとも施設から逃げ出したのか。

いずれにしても警察に保護を求めるべき対象だが、生憎さゆりには交番に近づけない事情がある。

早く立ち去れ、と再度声が聞こえる。ついでに少年からは腹の虫が鳴いた。あまりに大きな音だったので、つい消えるタイミングを失った。

「いつから食べてないの」

「憶えてない」

「悪いことは言わないから、自分の家にお帰りよ」

「自分の家なんて、ない」

これはいよいよ訳ありらしい。関わったら碌な目に遭わない確信があるが、どうしたことかさゆりの足はその場から離れようとしない。

きゅう、と二回目が鳴った。少年は恥ずかしそうに俯いた。

自然に手が出ていた。

「おいで」

「どこに」

「そんなに腹がうるさいと話も碌にできない」

通りを歩いたところに牛丼チェーン店があったので、少年を連れて入った。店内は会社帰りのサラリーマンと学生で満席に近く、誰一人さゆりたちに注意を払う者はいない。

牛丼の並が眼前に運ばれてくると、少年は目の色を変えて食べ始める。よほど飢えていたのか、息継ぎもせずに頬張る。水くらい飲めとコップを差し出してやっても箸を動かし続ける。

丼の中身をすっかり平らげると、少年はようやくこちらを見た。

「とりあえず、ごちそうさま」

「何よ、その『とりあえず』って」

「牛丼奢ってくれた代わりに何かさせろって言うんでしょ、どうせ」

少年の怯えた目を見て思い出した。夜の街には時折鬼畜が徘徊している。幼少時代、さゆりを慰み物にした父親のような鬼畜だ。

「こちらもとりあえずだけど、まず名前を言いなよ」

「拓真。魚拓の拓に真実の真」

「苗字は」

「知らない」

知らないはずはないが、きっと言いたくないのだろう。

「齢は」

「十歳」

「いつからあそこにいる」

「数えてないけど、三日か四日」

「その間、どうやって食べていたの」

「色んなオジサンが奢ってくれた。その後、変なことされたけど」

「こんな生活を続けていると、『変なこと』がそのうち『危ないこと』に変わるよ。それとも家に帰ることの方が辛かったりするの」

畳み掛けると、また拓真は口を噤んでしまった。どうやら家には街を徘徊する鬼畜よりも恐ろしい生き物が棲息しているらしい。

隣で唐揚げ定食を食べていた親爺（おやじ）がじろりとこちらを睨んだ。まさかさゆりの素性に気づいたのかと身構えたが、顔を顰めてみせたので拓真から漂う異臭に閉口したのだと知った。

四日も外をうろついていれば臭くもなる。昨日などは雨も降っていたではないか。

飯は奢ってやった。通りすがりの他人としては、もう充分に施したはずだ。これ以上、ストリートチルドレンに関わらなければならない理由など何もない。

だが頭では理解していても身体が別の意思を持ったかのように動く。

「腹一杯になったら出ようか」

「警察は嫌だよ」

「お巡りさんは嫌いなの」

「お巡りさんじゃなくて、家に戻されるから嫌なんだよ」

「行き先は警察じゃなくて、寝泊まりするところ」

「え。泊めてくれるの」

「その前にお風呂に入らなきゃ」

牛丼チェーン店を出て北幸方向に歩いていくと、やがてラブホテルの看板が日立ってくる。拓真が緊張しだしたのが気配で分かる。

身分証を持たないさゆりが宿泊できる場所と言えばラブホテルくらいしかない。最近は一泊五千円などという格安ホテルも出現し、さゆりには好都合が続く。

そのうちの一軒に入ろうとしたところ、急に拓真が身を固くした。

「どうしたの」

「やっぱり変なことするの」

「安心なさい。わたしにそういう趣味はないから」

とにかく大きなベッドのある部屋を選んで入室する。やはり経験があるらしく、拓真は内装に驚きもしない。

バスタブに湯を張り、拓真の服を脱がせようとすると俄に暴れ出した。

「嫌だ」

「変なこと、しないって言ってるのに」

「嫌だったら嫌だ」

いくら暴れたところで子どもの抵抗など、それこそ赤子の手を捻るようなものだ。嫌がる拓真を抑え込んで上着を脱がしたところで、思わずさゆりは手を止めた。

小さな背中に無数の傷があった。それも青痣(あざ)、ミミズ腫れ、擦過傷と怪我の博覧会のごとき様相を呈している。

家に帰りたがらない理由はこれだったか。

「誰にやられたの」

拓真は拗(す)ねたような顔をして答えようとしない。羞恥なのか恐怖なのか、それとも誰かを庇っているのか。

いや、とさゆりは思い直す。

何者の仕業とか関係はないし興味もない。重要なのは、拓真の傷を見て己の心がぐらりと揺らいだ事実だった。

拓真を連れてバスルームに入る。背中から湯を被せてやると、拓真は犬のように大きく身震いした。

「気持ちいいよお」

鼻を近づけてみると身体よりも髪の臭いがきつかった。

「目を閉じててよ」

備え付けのシャンプーで拓真の頭を洗っていると、何故か懐かしい感覚に囚われた。甘く蕩(とろ)ける一方で、きりきりと胸を刺すような不思議な感覚だった。

不意に拓真の肩が揺れた。

「おばさん」

「何あに」

「名前は。僕も教えたんだから、おばさんの名前も教えてよ」

「ヨーコ」

「苗字は」

「知らない」

拓真は首だけ回してこちらを睨む。

「不真面目な大人だ」

それでも暴力を振るう大人よりはマシらしく、洗い終わるまで拓真はじっとして動かなかった。

コンビニエンスストアで買っておいた下着に着替えさせると、初めて拓真は表情を緩めた。

彼は助走をつけたかと思うと、ベッドの上に身を躍らせた。

「ふっかふかだあ」

先刻まで大人ぶっていたガキの太々しさは雲散霧消していた。

備え付けのパジャマに着替えたさゆりもベッドに潜り込む。拓真は少し恥じらいながら反対側に寝た。

「ヨーコ、さん」

「何あに」

「ボクは何をお返しすればいいんだよ」

「そんなこと考えずに寝なさい」

「気になって眠れない」

見返りなしには何の施しも受けてこなかったのだろう。おどおどした目と背中の傷がそれを物語っている。

不意に合点がいった。

自分が拓真を無視できなかったのは、どこか自分の息子の面影があるからだった。

次の瞬間、名案が浮かんだ。

拓真の最適な利用方法だった。

「お返しを気にするなんて、今どき律儀ね」

「ずっと、そうしてきたから」

「返礼が欲しくなったら、ちゃんと言うわよ。今のところは何も要らない」

さゆりの返事を聞くと、拓真は安心した様子でやがて寝息を立て始めた。

そうだ。

今のところは、まだ。

四　誘う

1

有働さゆりは今どこにいる。

今やマスコミの関心はカエル男こと有働さゆりの行方に集中した感がある。ニュース番組では連日、弁護士たちが相次いで殺害された事件について後追いの情報を流し続けていた。今も刑事部屋備え付けのモニターでは、ワイドショーが事件の詳細を報じている。

もっとも今回は市井の人間ではなく標的が人権派弁護士に限定されていることから、キャスターやコメンテーターの口調から切迫感はあまり感じられない。編集方針にもよるだろうが、保守色の強い局の番組では被害者である弁護士たちのプロフィールよりも、さゆりの犯罪歴と病歴に焦点を当ててきた。

『こうして有働さゆりの事件は五十人以上に及ぶ被害者を出してしまった訳ですが、返す返すも残念なのは彼女の八王子医療刑務所脱走を許してしまったことに尽きると思うのですが、先生はいかがでしょうか』

話を振られたのは精神科医ではなく番組と縁の深い内科医だったが、彼はコメンテーターとしての役割を果たすべく訳知り顔で説明を始める。

『入所時に有働さゆりは解離性同一性障害という診断を下された訳ですが、この障害に関しては発生のメカニズムや進行過程などが未だ研究途上のため、治療法が確立していません。治療薬もなく、現状は心理療法に頼るのみなのです。医療刑務所は刑事施設である一方、医療機関でもあるので、一般の刑務所よりは警戒警備が緩くなるのはやむを得ないことと言えます』

『いくら凶悪犯でも、怪我人や病人では簡単に脱獄できないという理屈ですかね』

司会者は何とも乱暴な理屈を展開したが、内科医を含め他のゲストたちは反論一つしない。

『今回、有働さゆりが逮捕された場合、やはり前回と同様に彼女は医療刑務所に収容されるのでしょうか』

『本来はそうあるべきですが、何せ一度脱走歴がありますからね。第一、脱走後の犯行態様が尋常ではありません。誰かが言っていたように今やテロリストと言っても過言ではない。警察の判断次第では、発見次第射殺という可能性が捨てきれません』

勝手なことばかり言いやがって。

耳を傾けていた古手川が思わず振り向くと、いつの間にか現れた渡瀬がモニターのスイッチを切っていた。

「こんなくだらないモン観るくらいなら環境ビデオでも流し続けとけ」

渡瀬が普段から、環境ビデオほど退屈なものはないと公言しているのは班の全員が知っている。つまり、この手のワイドショーは退屈以下という意味だ。テレビに見入っていた栗栖課長こそいい面の皮で、真っ黒になった画面を前にして固まっていた。

「行くぞ」

　渡瀬はジャケットを摑んで刑事部屋を出ていく。行くと言われれば、古手川は同行するよりない。

「いいんですか。さっきの番組、課長も観てたんスよ」

「出演者のメンツを見たか。本を出した内科医と元スポーツ選手、それに局の芸能記者。全員が犯罪にも精神疾患にもド素人なのに一家言があるというだけで識者扱いし、ヤツらの戯言を称して世論と言い張る。あんなバラエティー番組を観てるから現場感覚を失うんだ」

直属の上司に言いたい放題だが、おそらく渡瀬なら本人を目の前にしても同じことを言うだろう。部屋を出てくれて助かった。

「で、どこに行くんですか」

地下駐車場で覆面パトカーに乗り込むまで、渡瀬は行き先を告げずにいた。

「八刑だ」

「有働さゆりが脱走した経緯については、事件発生当時に聴取済みじゃないですか」

「そっちじゃない」

渡瀬はもう半睡半醒の体でいる。

「有働さゆりの担当だった浦部医官に話を聞きにいく」

つまりド素人ではなく専門家の知恵を借りにいくということか。古手川は納得してイグニッションを押した。

浦部医官は四十代とまだ若手にも拘わらず、精神医学の世界では名の知れた人物という触れ込みだった。

「ああ、ずいぶん論文を書きましたからね。学会というのは論文発表してナンボの世界なので」

古手川は謙遜気味に語る浦部に好意を持った。聞き手の渡瀬も日頃とは打って変わって丁寧な物腰だった。

「有働さゆりの入院以来、ずっと彼女の担当だったんですね」

「縁ですかねえ。学生時分、わたしは御前崎教授のゼミ生でしたから。同じ患者を扱うなんて奇遇だと思っていました」

「入院中の有働さゆりの容態はどんな風だったのですか」

「性格は解離したままで症状の好転は望めませんでした。普段は穏やかなのですが、ふとした弾みで別人格になってしまいます。そのタイミングがまるで察知できません」

古手川は面会していた際のさゆりの様子を思い出す。己が古手川を傷つけたことなどまるで記憶がない様子で、懸命にピアノを弾いていた。知り合った当初のピアノ教師そのままの姿で、胸に痛みが走ったのを昨日のように憶えている。

「渡瀬警部はご承知でしょうが、解離性障害は精神の防御メカニズムによって自己や記憶が分離する症状です。特に解離性同一性障害では複数の人格が存在し、有働さゆりのケースでは解離性遁走や解離性失認も認められました。無邪気にピアノを弾いている時もあれば、時折冷酷な性格が顔を覗かせる場合もあり、それは入院中も継続していましたね」

「脱獄を試みたのは冷酷な性格のさゆりだったという解釈ですか」

「報告書にはそう記載しました」

歯に物が挟まったような言い方を、渡瀬は聞き逃さなかった。

「他に記載するような所見でもありましたか」

「所見に残すほどには確信が持てなかったのですよ」

「そうした情報を聞きたくて来ました」

「主治医のわたしですら確信が持てません」

「有働さゆりの行方を知るには彼女自身が何たるかを知らなければなりません。今は確定されたもの以外の情報も必要です」

しばらく渡瀬の表情を読んでいた浦部は、やがて力なく首を横に振った。

「解離性障害の治療がもっぱら心理療法頼みである現状はご承知ですか」

「確か、別人格が形成されている場合は主人格の自我を強化して一つに戻すことが推奨されているようですね」

「その通りです。しかし推奨されているとは言え、簡単な療法ではありません。まず患者との間に信頼関係を築くことが重要になりますが、有働さゆりの場合は実子を我が手で殺めた上、脛を撃たれての入院だったので、わたしに心を開くことがなかなかできませんでした」

「しかししばらくして有働さゆりの容態は落ち着いてきたと報告を受けました。それは先生の心理療法が奏功したからではありませんか」

「寛解とは程遠いのですが、殺人鬼としての人格が表出されにくくなったのだと思いました。心理療法では、その上で複数の人格に対してアプローチをしたりトラウマとなった記憶の対処方法を教えたりすることで各人格相互のコミュニケーションを図る訳です」

「主人格と交代人格のコミュニケーションが形成され、それぞれが共通の記憶を持つと交代人格の存在理由が薄くなる。従って次の段階では人格の統合という動きが出てくる」

「ええ、ええ。全くその通りです」

　渡瀬がタイミングよく合いの手を入れてくるので、浦部はひどく嬉しそうだった。相手からするすると供述を引き出す手際の良さは相変わらずだが、前提条件として基礎的な知識を蓄える必要がある。人手不足が慢性的な捜査一課であれだけ現場に顔を出しながら、いったい渡瀬はいつの間に精神治療の知識を習得したのか。

「実は、一度だけ有働さゆりに人格統合の兆候が発現した時があったんです。交代人格が出ている時は解離性健忘の状態で主人格であった時の記憶が忘れられているはずなのですが、殺人を繰り返していた人格が現れた際、彼女は最前まで弾いていたピアノの曲名を憶えていたのです」

抑えた口調ながら浦部は昂奮を隠し切れない様子だった。

「ほんのひと言、ほんの一瞬でしたから報告書には残しませんでしたが、良い傾向だと思いました」

「質問があります」

「お答えできることでしたら」

「人格の統合は心理療法によって為されるということですが、医療によらず自然に統合する可能性はありますか。たとえば生活習慣の中で」

浦部は、はたと黙り込む。考えているというよりも妥当な言葉を探しているように見える。曖昧さや不正確を嫌っているさまは浦和医大法医学教室の光崎を彷彿とさせる。

「なかなか答えにくい質問をされますね」

「確証がないことを語りにくいのは承知しています。ただわたしが聞きたいのは確証以前の、専門家の所感です」

「尚更難しい」

「人間、話さないことに案外真実が隠れているものです」

渡瀬に促され、浦部は再度考え込む。

「可能性は皆無ではありません」

　ようやく浦部は口を開いた。

「海外の症例がほんの数例報告されています。有働さゆりと同じ解離性同一性障害の患者が診断を受けた後、日常生活を送る中で少しずつ人格が統合されていきました。万事に控え目な主人格のＡ、派手な服装を好み水商売に勤しむＢ、担当の心理療法家を憎悪して時折暴力を振るうＣと三つの人格を持つ女性だったのですが、やがてＣの人格が影を潜め、ＡとＢの人格が互いの存在を認め合いながら、最終的にはＡがリーダー格となってＢとＣを制御するようになりました」

「理想的な統合の一つですね。しかし、それでも完治という訳ではないのでしょう」

「ええ。この女性は幼少期に父親からのネグレクトを受けたのがトラウマの原因だったのですが、その光景を思い浮かべる度にＢとＣの人格が短期間顔を覗かせたといいます」

　望ましい症例であるはずなのに、何故か浦部の顔色は冴えない。それに気づかない渡瀬ではなかった。

「何か浦部先生に納得できない点でもありますかね」

「わたしがというより、渡瀬警部が気掛かりなのではありませんか」

「見透かされましたな」

　見透かされたと言いながら、渡瀬は一向に悪びれる様子もない。

「八刑を脱走した有働さゆりがどんな生活を送ってきたかはご存じでしょう」

「ここを脱走した囚人ですからね。聞きたくなくても嫌でも耳に入ってきます。ずいぶん大掛かりな事件を繰り返していたようですね」

「自発的なのか誰かに唆されたのか、たった一人で築き上げた死体の山は一個小隊のそれに匹敵する。世間は有働さゆりをテロリスト扱いしていますが、わたしに言わせりゃワンマン・アーミーですよ」

「今しがた申し上げた症例は、患者である女性が平穏な日々を過ごした過程の結果です。友人に囲まれ、切迫したシチュエーションとは無縁の生活を送ってきたからこそ、主人格たるAがリーダー格になり得たという仮説が立ちます」

「頷ける仮説です」

「しかし、もし彼女がたとえば銃弾飛び交う戦場に放り込まれたならどうなっていたのか。目の前で人間が四散し、返り血を雨のように浴びる毎日が続けばどうなるのか。生存本能は性格に優先します。苛酷な状況下で生き延びるためにCの人格がリーダー格となってAとBの人格を抑え、やがては主人格になるであろうことは、容易に想像できます」

浦部はいったん言葉を切り、息継ぎをしてから続ける。

「現在、有働さゆりの置かれた状況はこれに近いものがあると思われます。警察と世間の目を逃れながら大量殺戮を続けるのですから、常時神経は張り詰め、精神にはかなりの負荷が掛かっているはずです」

「ピアノ講師有働さゆりではなく、カエル男有働さゆりの人格が主人格として統合される可能性が高いということですね」

「あくまでも想像の域を出ませんけどね」

「その場合、有働さゆりを再度心理療法で治療することはできますか」

するとと浦部は眉間に皺を寄せて答えた。

「医者の立場から不可能とは言えません。しかし大きな困難が予想されます」


県警本部に戻る車中、古手川は辛抱しきれず渡瀬に問い掛けた。

「さっき浦部医官に投げた質問、あれ、仮定と言いながら仮定じゃなかったですよね。かなりの信憑性がある話みたいに聞こえました」

「みたい、じゃない」

渡瀬は薄目のまま正面を向いている。

「実際に有働さゆりが置かれているのは、自分以外は全員敵の戦場だ。恐怖もストレスも極限状態だとしたら、当然戦闘的な人格が主人格に取って代わる」

「わざわざ、それを確認したかったんですか」

「リスクは全て洗い出す。有働さゆりを逮捕する時、一番痛い目に遭ったのはお前だろう」

事実なので返す言葉もない。

「お前が有働さゆりにどんな感情を抱いているかなんぞ知ったこっちゃない。だが死なれると一課に欠員ができて迷惑する」

「易々と殺されやしませんよ」

「相手が気さくなピアノ講師なのか、血に飢えたシリアルキラーなのか。意識の違いで対応も違ってくる。管理官がSATの投入を仄めかしたのを忘れた訳じゃあるまい。相手はそれだけ凶暴なんだ。認識を改めないと今度こそ死ぬぞ」

言われるまでもないと思ったが、渡瀬の台詞は古手川の肺腑を抉った。

最初にさゆりと対決した際は恐怖で腹が冷えた。彼女が医療刑務所に入院してからは忘れたつもりでいたが、彼女の犯行を見聞きする度にあの感覚が戻りつつある。渡瀬の言葉は決して脅しや冷やかしではないのだ。

「班長はSATの投入もやむを得ないという考えですか」

「目の前で容疑者を射殺されて喜ぶ刑事がどこにいる」

渡瀬は右目だけを開いて、こちらを睨む。

「人質を取られているならともかく、相手がシリアルキラーという理由だけで射殺されて堪るか。有働さゆりは必ず俺たちが身柄を確保する。その上で再度精神鑑定しようが医療刑務所に再入院させようが、あるいは起訴しようが、それは俺たちの関与する部分じゃない。俺たちは法律に則って彼女に手錠を嵌め、取調室で可能な限り供述を取って送検する。警察の仕事はそこまでで、言い換えれば送検まできっちりこなしてこそ世間に顔向けができる。やるべきこととやりたいことを混同するな」

渡瀬なりに気を遣ってくれているのは分かっているが、それでも古手川は釈然としなかった。


県警本部に帰着するなり一階の受付に呼び止められた。

「お二人に面会希望の方が来られています」

「知っている。事前に連絡があった」

渡瀬はぶっきらぼうに答えると、フロア奥の部屋へと向かっていく。どうやら古手川には知らせていない面会約束があったらしい。

「待たせた」

部屋の中で待っていた人物を見て、思わず声を上げそうになる。

「会うのは三年ぶりか」

「いちいち憶えていない」

御子柴礼司は後ろに控えていた古手川を認めると、露骨に迷惑そうな顔をした。

かつて〈死体配達人〉と呼ばれた触法少年が、現在は金の亡者と呼ばれる弁護士として知られている。いずれにしても有難くない二つ名だが、おそらく本人は世評など毛ほども感じていないだろう。

御子柴と古手川には奇妙な縁がある。古手川は有働さゆりを逮捕した人間で御子柴は彼女の弁護人と敵同士だが、ともに有働さゆりのピアノに魅せられた共通点を持つ。ただし御子柴は共通点を持つ者と顔を合わせるのがお気に召さない様子だ。

「少し頬がこけたな、御子柴先生」

「あんたも白髪が増えた」

「俺のは年相応だが、あんたのは気苦労が多いせいだろう。悩みがあるなら有料で相談に乗るぞ」

憎まれ口では渡瀬に一日の長がある。御子柴は唇を曲げて黙り込む。

「わざわざ面会に来た目的は何だね。まあ、おおよそ見当はついているが」

「有働さゆりの消息に関してだ」

やはりそうか、と古手川は思う。この時期、御子柴が渡瀬たちを訪ねる理由はそれしか思いつかない。

「弁護人兼身元引受人としては当然だろうが、警察が逃亡中である容疑者の情報を易々と渡すと思っているのか」

「一方的に情報提供しろとは言っていない。わたしが知り得た情報と交換したい」

「呉越同舟って訳かい」

「警部たちは一刻も早く彼女の身柄を確保したい。弁護人としては、一連の事件が彼女の仕業でないことを立証するために本人から説明を聞きたい。双方の利害は一致している」

「別の理由もあるんじゃないのか」

「どういう意味だ」

「あんたの所属する東京弁護士会には保守系の清風会、革新系の友愛会、左派の創新会、右派の火曜会、そして中道系の自由会と五つの派閥がある。このうち友愛会は人権派弁護士を多く抱えているが、今回のカエル男が自分たちをターゲットにしていると知り俄に慌て出した。幸か不幸か同じ弁護士会にカエル男の弁護人がいるとなれば、当然動きを見せる」

「彼らも同業者だが、あまり話したこともない相手に泣きを入れたり難癖をつけたりすると思うか」

「泣きを入れたのはあんた本人にじゃない。退任したとは言え未だ隠然たる影響力を持つ前会長の谷崎弁護士にだ。あんた、谷崎前会長にだけは頭が上がらんそうじゃないか。同じ弁護士会で、そういう事情を知らん人間はいまい。俺でも、あんたに直訴するよりは谷崎前会長に訴えかける。その方があんたは動いてくれるだろうからな」

　御子柴が一層不機嫌な顔を見せたのを察すると、渡瀬の指摘は的を射ているのだろう。それにしても弁護士会の内部事情をいつの間に入手したのか、相変わらず油断のならない上司だと思う。

「谷崎前会長には世話になっている」

「速やかに有働さゆりを逮捕できるよう、警察と連繋を取ってくれ。頼まれた内容は大体そんなところか」

「中らずと雖も遠からずと言っておく」

「捜査関係事項の重要性は今更説明するまでもないだろう。それだけ重要度の高い情報と交換できるような情報を、一介の弁護士がどうやって入手する」

「わたしは宏龍会の顧問弁護士もしている」

御子柴は自嘲気味に言う。

「ヤクザの情報網は時として警察のそれを上回ることがある」

「ふん」

今度は渡瀬が毒づく番だった。反論しないのは、相手の言い分に一理あるからだろう。

「元々有働さゆりは目立つような風貌をしていない。指名手配されているから変装をしている可能性も大きい。だが右手親指の欠損は大きな目印で隠すのが難しいだろう。その特徴だけでも情報は集まる」

「有働さゆりが潜伏する場所に何か心当たりはあるかい」

「精神疾患を負った者の思考回路は理解するのが困難だ」

「精神疾患の患者ではなく、大量殺人の容疑者としての思考だ」

「普通なら人目を避けて田舎に潜伏しそうなものだが、田舎には余所者に好奇心旺盛な住人が少なくないし却って目立つ。それに弁護士殺害を続行中なら街の中に潜む方が色々と好都合だろう」

「俺もそう思う。分からないのは動機だ。どうして有働さゆりは人権派弁護士ばかりを狙っている。彼ら被害者の言動が彼女の逆鱗に触れでもしたのか」

「殺害された三人の弁護士に関してはわたしなりに調べてみた。有働さゆりと直接関与した過去はない。従って個人的な恨みからとは考え難い。ただし彼らの思想信条や弁護方針を嘲笑うためだけの犯行というのも俄には納得しがたい」

「何故だ」

「彼女の弁護人が他ならぬわたしだからだ」

「なるほどな。あんたが人権派弁護士なら当てつけの意味もあるんだろうが、あんたは人権派弁護士とは一番遠いところにいるからな」

「人権よりカネだ。当然だろう」

「有働さゆりが人権派弁護士に嫌悪感を抱く理由に思い当たるフシはないか」

「ないな」

　御子柴は首を横に振った。

「カエル男の犯行態様は最初に名前ありきだ。そこに性別や年齢、思想、個性は全く関係ない。被害者は名前という記号で選定される」

「承知している。だからこそ解せん。今回の連続殺人は烏森彰人弁護士から始まって木嶋鈴里弁護士に続いている。てっきり三人目はクから始まる名前の弁護士だと思っていたが、やられたのは津万井伸郎弁護士だった。中途で方針を変えたのは何故だと思う。シリアルキラーなら、自分の流儀に忠実に従うのが普通じゃないか」

「わたしはシリアルキラーじゃないから流儀云々については答えようがない」

「ああ、あんたが殺したのは一人だけだったな。失念していた」

横で聞いていて古手川は冷や汗が出そうになる。口調こそ穏やかだが、二人の交わしている会話は剣呑（けんのん）そのものだった。双方とも相手から供述を引き出す能力に長けているので、挑発するのもされるのも慣れている。傍から見れば抜き身の刀をちらつかせながら話しているようなものだ。

「では、あんたなら中途での方針転換をどう考えるね。便乗犯という可能性も考えたが、便乗犯なら尚更頭文字がクでなければ意味がない。津万井弁護士は運転免許証を携帯していたから人間違いとも思えない」

「犯人の気紛（きまぐ）れとは考えられないか」

「思ってもいない癖によく言うな。ただの気紛れであんな凝った殺し方をするヤツなんているものか。食品加工の工場にどんな設備があり、作業場のレイアウトや食品乾燥機のスペックを事前に調べておかなけりゃ犯行は不可能だ」

「わたしに質問してばかりだが、警部。あんたの考えはどうなんだ」

「一つだけある。人間違いでも気紛れでもないという可能性だ」

御子柴は相手の思考を読もうとするかのように渡瀬の顔を睨み続ける。

不意に御子柴は視線を外した。

「有働さゆりの消息について新しい情報が得られたら連絡する。そちらも同様に頼む」

「取引を承諾した憶えはないぞ」

「あれだけ根掘り葉掘り一方的に質問したんだ。承諾したのも同然だろう」

御子柴は席を立つと、挨拶もせずに部屋を出ていった。

古手川も部屋を飛び出してすぐに彼を追う。

「待ってくれ」

相手は振り返りもしなかったので、追いつくより他になかった。

「待てと言ってるだろ」

「君の上司は相変わらずだな。食えない男だ」

お互い様だと思ったが、口には出さなかった。

「あんた、本当に有働さゆりの居場所に心当たりはないのか。弁護人であるあんたが唯一の味方なら、電話の一本くらいはあるはずだろう」

「彼女が八刑を脱走してからというもの、何の音沙汰もない。そもそも彼女がスマホを持っているのかどうかも分からん。今日びスマホがなければ、わざわざ連絡する気にもなるまい。それより何の用で呼び止めた」

「あんたの本音を聞きたい。さっきは『一連の事件が彼女の仕業でないことを立証するために本人から説明を聞きたい』と言ってたな」

「あの答えでは不服か」

「物的証拠を含めて犯行は有働さゆりであることを指し示している。本人から説明を聞いたって無駄だ。第一、主人格が交代している惧れもあるのに、真っ当な説明を期待すること自体に無理がある」

「ほう、主人格なんて単語を覚えたか」

「あんたくらい賢ければ分かるはずだ。本音は何だ。運よく身柄を確保できたとして、あんたは彼女をどうするつもりだ」

「弁護士は依頼人の最大利益のために働く。ただし、その利益が何なのかは依頼人によるがな」

「再鑑定して、また彼女を医療刑務所に放り込むつもりなのか」

「君に教える筋合いはない」

「もしあんたがそのつもりなら、俺とも呉越同舟だぞ」

「どういう意味だ」

「捜査本部はＳＡＴの投入を検討している」

途端に御子柴は足を止め、じろりとこちらを睨んだ。

「今、世間やマスコミは有働さゆりをテロリスト扱いしている。発見次第発砲せよと命令が下される可能性は決して少なくない」

「丸腰の中年女性を見つけ次第射殺か。いよいよこの国もアメリカナイズされてきたな」

思わず御子柴の襟首を摑み上げる。

「冗談吹かしてる場合じゃないんだよ。射殺なんてされて堪るもんか。あんただって同じ気持ちだろ」

「呉越同舟というのはそういう意味か」

「ヤクザからの情報だろうが何だろうが構わない。とにかく一刻も早く、ＳＡＴが現場に到着する前に有働さゆりを逮捕しなきゃならなくなった。彼女の最大利益とやらを護りたいなら死にもの狂いで情報を掻き集めろ。でないと」

「君に言われるまでもない」

御子柴は古手川の腕を無造作に振り払うと、何事もなかったかのようにまた歩き出す。

「だが一度くらいは考えてみるんだな。何が彼女にとって一番の利益なのかを」

「当たり前に考えているさ。だから彼女を射殺なんてされたくないんだ」

「どうかな。そいつはあくまでも君の望みなんじゃないのか。渡瀬警部はともかく、君は相手の立場でものを考えるのが苦手なタイプのように見える」

古手川が返事に窮しているうちに、御子柴はその場から立ち去ってしまった。

2

御子柴との間に仮初(かりそめ)の提携関係が成立しても尚、有働さゆりの行方は杳として知れなかった。もっとも情報提供を申し出たのは本気だったらしく、御子柴からはぽつぽつとさゆりの目撃情報が寄せられた。捜査本部にも目撃情報がもたらされるが不正確や誤認であるものが大半を占める。だが御子柴から寄せられる情報は精度の高いものが多く、古手川たちは耳を傾けざるを得ない。

今日も御子柴の仲介で一人の証人と会う約束ができていた。本人が県警本部に来るのを強く拒絶しているので、古手川たちが出向くしかない。

古手川と渡瀬が相手に指定された喫茶店に向かうと、奥のテーブルで痩せぎすの青年が待っていた。

「桑江智志(くわえさとし)といいます」

聞けば横浜のホテルでドアマンをしていると言う。

「横浜駅西口にある〈ヨコハマ・グランドキャメロット〉というホテルです。グランドって名前がついてますけど、星がつくような豪華なホテルじゃありません」

桑江は二人の顔を恐々と見ながら話す。豪華であろうがなかろうが、ホテルのドアマンなら何を萎縮する必要があるのか。

「あの、俺の証言が捜査に役立つ場合は警察や裁判所に呼ばれるんでしょうか」

「まさか」

古手川はまず桑江の不安を取り除く作業から始めなければならない。

「これはただの訊き込みです。仮に犯人逮捕に役立ったとしても、あなたが法廷で証言する羽目にはならないと思います」

「それならいいんですが」

桑江のおどおどした態度を見ていて、ようやく気づいた。

「何か司法機関を怖れる理由でもあるんですか」

「いや、あの」

「偽証でない限り、あなたの前歴や素行を詮索するつもりはありませんよ」

「偽証じゃないんです。ただ、十年ほど前にヤクザ絡みで捕まったことがあって」

「桑江さん、ヤクザだったんですか」

「いえ、今で言う半グレみたいなもので準構成員にさえなれませんでした。要するに使い走りばかりやっているうちにクスリの運び屋をやらされたんです。未成年だったのも幸いして実刑にはならなかったんですけど」

なるほど、それではさゆりの目撃情報を募っても通報できなかった訳だ。

「よく協力してくれる気になりましたね」

「当時、世話になった兄貴から協力するように言われたんです。縁が切れても、受けた恩は消えないんで」

御子柴が口にした『ヤクザの情報網は時として警察のそれを上回ることがある』というのはそういう意味だったのか。

「有働さゆりをどこで目撃したんですか」

「ウチのホテルのバーラウンジでピアノを弾いていた女の人がいるんですけど、彼女が手配中の有働さゆりに少し感じが似ているんです」

古手川はさゆりの手配書を取り出して桑江の前に置く。桑江はしばらく写真に見入るが、小首を傾げて矯めつ眇めつしている。

「化粧、ですかね。雰囲気は似ているんだけど本人かどうかと言われると、ちょっと自信ないです」

「ステージでは厚めの化粧だったんですか」

「バーラウンジのピアノなんて、ぶっちゃけBGMだからピアニストが脚光を浴びる瞬間がないんです。でもヨーコさんはホテルに到着した時から出ていくまで化粧してましたね。手配写真よりは垢抜けて見えました」

「ヨーコと名乗っていたんですか、その女性は」

「ええ、苗字は誰も知らなくて、ヨーコさんで通っていました」

「どういう経緯でピアニストに採用されたんですか」

「詳しくは知りません。前に勤めていたピアニストが突然辞めてしまったので、急遽雇われたって感じでした」

採用の経緯については、改めてホテル関係者から訊き出す必要があると思った。

「手配書の写真とイメージが違うようですが、よく有働さゆりではないかと疑いましたね」

「手配書には顔以外にも特徴が書いてあったじゃないですか。右手の親指が欠損してるって」

「彼女の親指を見たんですね」

「いえ、ヨーコさんはホテルに出入りする際はいつも手袋をしてましたからね。指の欠損した手そのものを見たことはないんです」

「じゃあ、どうして」

「噂が広がったんですよ。ヨーコさんのピアノは巧いけど、左手だけで弾ける曲しか演奏しないって」

思わず渡瀬の顔を見る。渡瀬は古手川の反応を無視し、桑江に目を向けたままでいる。

「最初に聞いた時には冗談かと思ったんですけど、左手だけで弾ける曲って結構あるんですね。毎晩毎晩違う曲を披露できるくらいなんだから」

「彼女の演奏を直接聴いたんですか」

「いやあ、ドアマンがバーラウンジに行く用事なんてほとんどありません」

　確かに左手のみで弾く曲だけ披露するピアニストはあまりいないだろう。右手に何らかの障害があるであろうことは素人にも推察できる。桑江がかのピアニストを有働さゆりではないかと疑った経緯も納得できる。

「しかし桑江さん。それだけ印象的な特徴がありながら、まだそのヨーコさんが有働さゆりだと断言しないのは何故ですか」

「手配書にあったプロフィールと相違する点もあったので」

「具体的には」

「ヨーコさん、子持ちなんですよ」

　渡瀬の眉がぴくりと動く。古手川は意外な展開に質問が一拍遅れる。

「子ども。どんな子どもですか」

「十歳くらいの男の子ですよ。いきなりヨーコさんが連れてきて、彼女が演奏中はスタッフルームの隅でじっと終わるのを待っているんですよ」

「彼女の子どもなんですか」

「さあ、とにかくいきなりだったので。一度だけ俺も話し掛けてみたんですけど、碌に返事もしてくれませんでしたね」

「ヨーコと名乗る女性は男の子を何と呼んでいましたか」

「確かタクマと呼んでました」

古手川は渡瀬と顔を見合わせる。八刑脱走からこの方、さゆりが子連れで行動したというのは初めて聞く情報だった。タクマなる少年が何者なのかという疑問も然ることながら、一番気になるのは行動をともにしている理由だ。

理由は不明ながらも尋常ならざる不吉さを覚える。

すぐだ。

今すぐさゆりを捕縛しなければ。

「ヨーコの出勤は何時からですか」

「あのう、それが」

食いつき気味の古手川の勢いに気圧（けお）されて、桑江は申し訳なさそうに応える。

「ヨーコさん、一昨日でウチを辞めちまったんです」

逸（はや）る心に冷水を掛けられた。

「急な話ですね。何かホテル側とトラブルでも起こしたんですか」

「俺の耳には特段、何も届いていません。ただ、最初に雇われたのがいきなりだったから、いきなり辞められても不思議と違和感はなかったです」

ドアマンが得られる内部事情はこれが精一杯なのだろう。古手川たちは礼を告げて喫茶店を出た。

「どうしますか、班長」

「どのみち、彼女を雇った経緯と辞めた理由をホテル側から訊き出さなきゃならん。今から横浜に向かうぞ」

急遽、二人はヨーコなる女性がピアノ弾きを務めた〈ヨコハマ・グランドキャメロット〉にクルマを走らせる。

だが結果的に労多くして実りは少なかった。ホテルの支配人とバーラウンジのマネージャーからヨーコなる女性を雇用した際の経緯を確認したが、前任のピアニストが何の通告もなく辞めてしまったので碌に履歴書も見ずに雇い入れたとのことだった。

桑江の言った通り、同バーラウンジではピアノをBGM代わりとしか考えていなかったため、ヨーコが勤めを続けていても素性を明確にさせようとはしなかった。従って彼女が辞める際もかたちばかりの慰留をしただけで、さほど熱心に引き留めはしなかったと言う。

支配人とマネージャーはヨーコの顔をよく憶えており、有働さゆりの手配書写真と見比べて「化粧を落とせば同一人物に見えるかもしれない」と証言した。人の顔を憶えるのが身上の接客業でこの体たらくかと古手川は訝ったが、言い換えればバーラウンジで演奏するピアニストはその程度の扱いでしかなかったということになる。

ヨーコが連れていたタクマなる少年については、二人とも存在は知っていたが顔も見たことがないと言う。ホテル関係者の話を総合すると、タクマはヨーコの陰に隠れるようにして出入りしていたらしい。無論、この少年の素性を知る者は誰もいなかった。

「別に急ぎの用はない」

助手席の渡瀬は薄目を正面に向けたまま、ぼそりと呟く。

「制限速度は守れ」

言われて古手川はアクセルを緩める。考え事をしているうち、知らず知らずに制限速度を超えていた。

「お前の運転で死にたかぁない」

「班長は気にならないんですか。有働さゆりが子連れで行動していることに」

「運転が疎(おろそ)かになるほど気にしちゃいない」

「誘拐かもしれません」

「ただの誘拐なら、少年がおとなしく有働さゆりに同行していたはずがない。首輪を嵌められていた訳じゃなし、さゆりが演奏中だったらいつでも逃げ出せたはずだ」

「しかし」

「横浜駅西口周辺はストリートチルドレンのたまり場になっている。そのうちの一人がタクマだったとしたら、有働さゆりを都合のいい庇護(ひご)者と勘違いしている可能性がある。だが有働さゆりの方が自分を庇護者だと考えていない場合、少年は常に危険に晒されていることになる」

「彼女の母性本能がタクマを保護させたとは考えられませんか」

「有働さゆりの主人格が交代した可能性を忘れたのか、それとも忘れたふりをしているのか」

渡瀬の声が一段と低くなる。不機嫌になり始めている兆候だった。

「彼女には子どもがいました。ちょうど、今連れている子どもと同い年です」

「それで母性に目覚めたとでも言うつもりか。あの女にあれだけ痛い目に遭ってまだ分からねえのか。今や有働さゆりはテロリストに匹敵するほど危険視されたシリアルキラーだぞ」

「彼女にも母親だった時期があります」

「お前はその頃に会っているから第一印象が強いだけの話だ。そんな思い込みは丸めてゴミ箱に捨てちまえ。いいか、中年女が失くした息子と同年配の子どもを保護しているんじゃない。判断力の拙い子どもをテロリストが連れ回してるんだ。これ以上危険なシチュエーションはない。感情で考えるな。事実を捉えろ」

いちいちもっともで古手川には返す言葉がない。

だが、有働さゆりに抱く思いは未だ変わらずにいた。

報告書を作成し終えた古手川は真琴の携帯電話を呼び出した。時間の都合を聞くと、まだ解剖報告書を作成している最中なのだと言う。

「俺の方は今、終わったばかりだ。どこかでメシ食べないか」

電話の向こう側で真琴が溜息を吐く。

『こっちの仕事が終わる頃には近くのお店は全部閉まってる』

「コンビニで夜食でも買っていく。リクエストしてくれ」

真琴の注文をメモに書き留めると、古手川は浦和医大に向かった。途中で立ち寄ったコンビニエンスストアでリクエストされた食品を買い込み、法医学教室に急ぐ。

到着した時には真琴も仕事を終え、白衣のまま脱力している最中だった。

「お疲れ、真琴先生」

「ありがとう」

真琴は目の前に置かれたレジ袋からカップ麺を二個取り出して、湯を注ぐ。

室内には消毒液の臭い、そして仄かに腐敗臭が漂う。真琴がこの中でカップ麺を啜れるようになったのは成長と見るべきか、それとも鈍化したと見るべきか。いずれにしても真琴の立ち居振る舞いは日に日に光崎に似てきている。

二人でカップ麺を啜っていると、夜の静けさと相俟って古手川の気分も落ち着いてきた。苛立つ時には飯を腹いっぱい食えと教えてくれたのは渡瀬だったが、実践してみてなるほどと納得した。

いきなり真琴が聞いてきた。

「それで、何を話したかったの」

「何をって、何が」

「こんな時間にわざわざ夜食まで持ってきてくれたのは、わたしに話したいことがあったからでしょ」

真琴にも見透かされていたとは。自分は周囲からとことん単純な男と思われているらしい。

「あまり心ときめくような話じゃない」

「古手川さんから心ときめくような話を聞いたことなんて一度もないんですけど」

「そうだっけ」

「カエル男の件ね」

「母親の気持ちが分からなくなった」

「いきなりね。わたしなら分かるとでも考えたの」

「真琴先生、女だろ」

「まだ母親になったことないんですけど」

「でも、母性ってものがあるだろ」

「あのね、古手川さん。女だからどうこうって、渡瀬警部が一番嫌う思い込みよ。男性にだって子どもを愛し慈しむ本能はあるし、全ての母親に母性が備わっているとは限らない」

古手川は慌てて頷いてみせる。

「う、うん。そう、そうだよな」

「母性がカエル男事件と、どう関係するの」

古手川は有働さゆりらしき人物が十歳くらいの男児と行動をともにしている情報を打ち明けた。真琴は一瞬ぎょっとした顔になる。

「つまり古手川さんは、有働さゆりに母性が甦ったんじゃないかって考えてるのね」

「いや、あくまでも可能性の一つだよ。でも班長からは、お前は第一印象が強烈だったから勘違いしてるんだとどやされた」

真琴は真意を探るように、こちらの目を直視して離そうとしない。

「もし、その可能性が的中していて有働さゆりに母性が戻っていたら、古手川さんは嬉しいの」

「嬉しいとか嬉しくないとかの問題じゃなくて」

「彼女に人間らしい心が戻ったら、何かと有利になるから？」

「いや、決して有利にはならないだろうな。元来の主人格がリーダーになったとしても、それでしでかした犯罪がチャラになることはない。人格の統合が起こっていたら余計に悲劇だ。カエル男の犯行を有働さゆりが全て思い出す訳だから、良心の呵責（かしゃく）がとんでもないだろうな」

「古手川さん、怒らずに聞いて」

真琴は意を決したかのように真剣な目で古手川を射る。

「あなた、その男の子に嫉妬しているんじゃないの」

思わず言葉を失った。

「さっきから聞いていると、古手川さんは有働さゆりの行く末ばかり案じていて、連れ回されてる男の子には全然言及していない。警察官だったら、まず男の子の安否を気にするものじゃないの」

「いや、それは」

言葉を継ごうとしたが続かなかった。

嫉妬。

十歳の男児に嫉妬だなどと馬鹿馬鹿しい。そう一蹴しようとしたが、己の奥底に沈む本音が古手川を嗤っている。お前は有働さゆりに自分の母親を投影していたのではないか。あれだけ傷つけられて尚、彼女を憎みきれないのは母親相手だと思っているからではないのか。

「有働さゆりと男の子の扱いに関しては、渡瀬警部の言う通りだと思う。わたしが考えても、その男の子はとんでもない危険に晒されている。テロリストに連れ回されているって、要するに人質みたいなものだもの」

「いよいよとなった時には子どもを盾にするっていうのか、あの有働さゆりが」

「実際にそうするかどうかじゃなくて、警察や世間はそう捉えるのが普通だと思う。だってほとんどの人は凶悪犯としての有働さゆりしか知らないもの。彼女の別の面を知っているのは古手川さん。ひょっとしたらあなただけなのかもしれない」

真琴は至極常識的な人間だ。彼女が言うのであれば、世間的には概ね正しいのだろう。自分はそうした常識人に同意してほしかったのだ。

「厳しいな、真琴先生」

「怒らずに聞いてって言ったのに」

「怒ってやしない。むしろ感謝している。真琴先生に指摘されなかったら、ずっと自分が分からないままだった」

ふっと真琴の表情が緩んだ。これでいい。己の中で踏ん切りがつかないことで、真琴を悩ませるような真似はしたくない。

「でも、有働さゆりはどこでその男の子を拉致したんだろう」

「皆目見当がつかない。まず肝心の目撃情報が徹底的に不足している。男の子の顔を目撃したのはたった数人しかいなくて、やっと人相書きができたばかりだ」

「名前も不明で人相書きだけなら、確かに捜しにくいよね」

「何しろ、それらしい捜索願が見当たらないから照合のしようもない」

子どもが行方不明になった場合、誘拐の恐れがあると判断されれば「特異行方不明者」と認定され、直ちに捜索が開始される。だが肝心の捜索願がなければ行方不明のままとなる。

「班長の話だと、同行している男の子はストリートチルドレンである可能性もある。もしもそうなら、親から捜索願が出されている可能性は少ない」

「自分の子どもが消えたのに捜索願の一つも出さないなんて信じられない」

「そういう信じられない親だからストリートチルドレンになっちまうんだよ」

不意に自分の少年時代を思い出す。家族間の折り合いが悪く、無軌道だった古手川に対して助言の一つもしてくれなかった。世が世なら古手川自身がストリートチルドレンになっていたかもしれない。

そう考えると、真琴から指摘された嫉妬以外の感情が湧いてくる。

タクマはもう一人の俺だ。

やれやれ、これで有働さゆりを捕まえなければならない理由が一つ増えてしまった。

「拗(こじ)らせちまったのかもな」

「何を」

「普通にある、家族同士のやり取り。子ども時分にしておかなかったから、いい歳になって妙な具合になってる。その時に済ませておかなきゃならないことはその時に済ませておかなきゃ、将来拗らせる原因になる」

「ええええ、古手川さん、すごく悟っている」

「ところがこれは班長の受け売りでね。言われた時には聞き流していたけど、今更ながら身に染みるよ」

食べ終えた古手川は容器をゴミ箱に捨てる。

「ごっそさん」

「これ、古手川さんの差し入れじゃないですか」

「一緒に食べるだけで美味しくなる、ような気がした」

「それにしては早食い」

「もう戻らなきゃな」

「あまり話ができなかったね」

「こっちこそ突然押しかけて悪かった。って、それはいつものことか」

「今度の事件が解決したら、何か美味しいものでも食べにいきましょうか」

「へえ、真琴先生から誘われたのは初めてじゃないかな」

真琴は軽口を咎めることなく、古手川を見ている。視線の真っ直ぐさにこちらが気圧されそうになる。

「それじゃあ」

何か言いたげな真琴を残し、古手川は法医学教室を後にする。

ほんの束の間だったが真琴と話せてよかった。相変わらず気持ちの整理がついていないが、やるべきことはより明確になった。

古手川は夜の街を切り裂き、捜査本部へと取って返す。

3

ヨーコなる女性の目撃証言は得られたものの、〈ヨコハマ・グランドキャメロット〉を辞めた後の足取りは全く摑めなかった。またタクマの似顔絵も公開されたが、人相と仮名だけではいかにも心許なかった。

　桑江の件で思い知ったのは、世の中には気軽に通報できない人間が少なくないという事実だ。後ろ暗い過去がある者、周囲が通報を許さない環境にある者、そして警察嫌い。ひと口に「善良なる市民」と言っても内実は様々だ。

　ところが御子柴を介して寄せられる情報は普段反応を見せない層からのものであり、且つ精度も高かった。

『真昼間、手袋をした子連れの女を見た』

『横浜中華街で店から出てきた女が手配書に酷似していた。結構、いい身なりだったな』

『子どもは女に従順そうで、特に怯えた様子はなかった』

『彼女のピアノを聴いたことがある。左手だけでバッハを弾いていたが、まあカネの取れる演奏ではあったよ』

『伊勢佐木(いせざき)町のバーに飲みに行った時、左手だけで弾いていたピアニストを見たよ。なかなか雰囲気のあるピアノで気に入ったんだ。でも二日後に行ったらいなかった。バーテンダーに聞いたら、その日だけのバイトだったみたいだな』

渡瀬班は手分けしてタレコミの確認に走った。いずれの情報も断片に過ぎず女性ピアニストの潜伏場所を特定するまでには至らないものの、目撃されたのが全て横浜市内であるのは注目に値する。

「有働さゆりたちは横浜市内から出るつもりがないんでしょうか」

古手川は移動中のパトカーの中で助手席に向かって話し掛ける。渡瀬は考え事を邪魔されたらしく、普段よりも不機嫌そうに答える。

「出るつもりがないというより出るのが難しいと踏んだんだ。公共交通機関での移動では多数から目撃される惧れがある。中にはイキって私人逮捕してやろうなんてお調子者が乗り合わせているかもしれない」

「タクシーを使う手もあります」

「車載カメラで撮られている上、降車場所まで記録される。足がつく確率は電車よりも上だろう」

「目撃情報を精査すると、臨時雇いで演奏の仕事をしても長期は続けていません。どれも数週間か数日の日雇いみたいなものです。でも子連れで寝泊まり、しかも三食つきとなればそれ相応の生活費が必要になるでしょう。バーで数曲弾いただけじゃ、とてもじゃないけどそんな稼ぎにはなりませんよ」

「もちろん蓄えがある」

分かりきったことを訊くなと言わんばかりの口調だった。

「大量殺人を繰り返していた時期、有働さゆりは別の誰かと共謀していた形跡がある。警視庁の麻生警部から聞いた限りでは、その人物と報酬のやり取りもあった。五十人近くの市民を血祭りに上げた対価は決して安くなかったはずだ」

「矛盾しませんか。蓄えが潤沢にあるんなら、短期のバイトなんてする必要がないですよ」

「何度言や分かる。それが思い込みだっていうんだ」

口調は更に不機嫌さを増す。

「蓄えがあっても増える訳じゃない。逃亡生活が長引けば手元の資金も目減りしていく。短期のバイトで最低限の生活費を稼ごうとしても不思議じゃない。仮に日銭を稼ぐ必要がなくても、ピアノ弾きが長らく鍵盤に触れずに我慢できると思うか」

「でも班長。彼女だって自分が指名手配されていることくらいは承知していますよ。それにも拘わらず人前で演奏を披露するというのは理屈に合わないじゃないですか」

「俺たちはその、理屈に合わない人間を追っているんだ。いくら解離性同一性障害だからといって人格がオセロみたいにパタパタ変わる訳じゃない。人格が交代する際には葛藤や抵抗がある。有働さゆりにとってピアノ演奏がその抵抗にあたると、どうして考えない」

あっと声が出そうになった。

「お前が八刑で面会した時、ピアノを弾いている限り有働さゆりは正気を保っていたと言ったな。逃走中の今は別人格かもしれないが、以前の人格が消滅した訳じゃない。目撃される危険を承知の上、安いギャラでピアノを弾いている理由は、案外その辺りにあるんじゃないのか」

聞きながら古手川は恥ずかしくなってきた。人格の交代を繰り返している人物が矛盾した行動を取るのは、むしろ当然とも言える。人格同士の葛藤やら抵抗やら、さゆりと接触していた自分が真っ先に気づくべきことではないか。

「俺たちは精神医学についちゃあ、まるで素人だ。だからこそ今回は尚更に思い込みや先入観で捜査する訳にはいかん。全ての可能性を疑い、全てのリスクを考慮しろ」

「……了解です」

古手川は内心で絶望の溜息を吐く。

自身を素人呼ばわりしながら、渡瀬の考察は深く、そして慎重だ。渡瀬班で数々の事件を手掛け、犯罪捜査にも慣れたと自負した途端に鼻っ柱をへし折られる。いったいいつになれば、自分は渡瀬のように周到さと老練さを兼ね備えることができるのだろう。

一件のタレコミ情報を潰して県警本部に戻ると、来客があった。一階フロアの空き部屋に向かうと中年の男が待っていた。

「さいたま拘置支所総務部の岩谷と申します」

差し出された名刺の肩書は調査官だった。

「カエル男の事件を担当しているのが渡瀬警部の班であると聞き、ここでお待ちしていました」

名刺を一瞥した渡瀬は早くも何かを察した様子だ。

「現在、拘置支所に収監されている事件の関係者と言えば御前崎教授くらいです。彼について何かありましたか」

ええ、と岩谷は遠慮がちに答える。

「電話での報告も考えたのですが、お見せしたいものもあり参上した次第です。実は本日、御前崎教授宛てに手紙が届いたのですが、差出人が有働さゆりと記されていたのです」

危うく声が出るところだった。

「見せたいものというのは、その手紙ですか」

岩谷は持参したカバンの中から、ポリ袋に収められた封書を取り出す。

「郵便物は私信も含めて、いったん総務部に送られてきます。そこで仕分けされて各部署や受刑者の許に届けられる仕組みですが、差出人に有働さゆりの名前を認めたので、急遽こちらに連絡を入れました」

渡瀬はポケットから手袋を取り出し、慎重に中身を取り出す。もちろん手袋をしたのは後で鑑定に回すためだ。古手川は渡瀬の背後に回って文面を見つめる。

『前略　御前崎先生
その後、いかがお過ごしでしょうか。私は相変わらずです。
最近、以前の病気が再発しましたが、いいお医者さまが見つからず難儀しています。やっぱり私を一番理解してくれるのは御前崎先生しかいないようです。
草々
有働さゆり』

淡々とした文章だが、さゆり本人が病状に悩み、御前崎に救いを求めているのは分かる。あれだけひどい目に遭わされて尚、御前崎を頼るさゆりを思うと、胸が張り裂けそうになった。

「この手紙、御前崎教授には」

「まだ見せていません」

拘置所における規則では、未決拘禁者が発受する手紙は予め内容の検査が行われる。それが済むまでは本人に届けなくても違法性を問われない。

「御前崎と有働さゆりの関係は、拘置所の関係者全員が知るところです。しかし、まさか本人が収監中の未決拘禁者に発信するなどとは思いもよりませんでした。しかも差出人に堂々と本名を晒して。警部はこれを本物だと思われますか」

「有働さゆりの筆跡は何度も見ました。その限りで言えば、これは真筆に酷似しています。指紋採取とともに筆跡鑑定させますが、おそらく本物で間違いないでしょうな」

古手川がつられたように頷く。古手川も渡瀬に負けず劣らずさゆりの筆跡を見続けてきた。その目が本人の字だと訴えている。

「しかしこんな手紙を送りつけて、いったいどういうつもりなのでしょうか」

「有働さゆりの心理を常人のそれと同列で考えると見誤りますよ。きっと今でも、二人は患者と主治医の関係なのかもしれない」

「手紙は御前崎に渡してよいのでしょうか。実はその判断もいただきたいのです」

拘置所で検査した結果、暗号が用いられるなど職員が内容を理解できない場合は施設内の規律および秩序を害する惧れ、もしくは罪証隠滅を招く危険があるとして抹消などの措置を取ることもある。岩谷はその判断を求めにやってきたのだ。

「鑑定結果が終わる前はお預かりするとして、その後は御前崎教授本人に渡してください」

「よろしいのですか」

「文面自体は患者が主治医を頼っているだけの内容です。拘置支所内の規律や秩序を乱すものではないでしょう。それに」

渡瀬は手紙を岩谷の前で翳してみせた。

「この手紙を読んだ教授の顔を見てみたい」

さゆり発の手紙はすぐさま鑑定に回され、切手の裏から封筒ののり代まで徹底的に調べられた。鑑定結果は至極呆気ないもので、便箋に付着した指紋も筆跡も全てさゆりのものと断定されたのだ。

「手紙、本当に御前崎に渡してよかったんですかね」

鑑定済みの手紙を拘置支所に返送した後、古手川は不安を抑えきれなかった。

「鑑定の結果、封筒にも便箋にも何の仕掛けもなかった。文面が暗号になっていた訳でもない。あの手紙に何か意図があるとすれば物理的な何かじゃない。教授の心理に訴えかけるものだ」

「俺には意味が分かりません」

「それだ」

渡瀬はぼそりと呟く。

「俺やお前には分からないが、御前崎教授と有働さゆりとの間では通じる意味が込められている。かたちを変えた暗号と言えなくもない。それを確認するためには、教授に手紙を見せるのが一番なんだ」

渡瀬の考えはもっともで反論の余地はない。だが、いつもの渡瀬に比べやや性急な印象が否めない。さゆりからの発信は言わば誘いだ。その先に待ち受けるものが何かは分からないが、危険な香りがするのは確実だった。

渡瀬が性急な理由も朧げながら理解できる。ここ数日、捜査本部に対する外圧が高まり、専従の渡瀬班はその矢面に立たされているのだ。

御子柴が来庁して間もなく、東京弁護士会から事件の早期解決を促す声明が発表された。身内の人権派弁護士からせっつかれての発表だったが、単位弁護士会としては極めて異例の行動と言えた。

次に東京弁護士会に半日遅れて埼玉弁護士会からも同様の声明が発表された。こちらは身内から実際に犠牲者を出している関係上、状況はより切実だった。

会見に現れた副会長は表情に怒りを滲ませて語り始めた。

『カエル男事件は当会から既に三人の犠牲者を出してしまいました。烏森先生、木嶋先生、そして津万井先生はお三方とも依頼者の権利を護るために日夜奔走されてきた弁護士です。その先生たちがかくも無残に殺害され、当会は深く哀悼の意を表するとともに、犯人に対しては強い憤りを覚えます。人のため、権利のために粉骨砕身する弁護士をいったい何だと思っているのか』

感極まったのか副会長はいったん言葉を切り、暫しの沈黙の後に絞り出すように声を発した。

『普段、我々弁護士は警察と検察の行き過ぎた捜査や違法な取り調べを糾弾し、時として対立する立場ではありますが、今回に限り容疑者の逮捕に全力を尽くしていただきたいと願う所存であります。関係各所の皆様には伏してお願い申し上げます』

　東京弁護士会および埼玉弁護士会の声明はたちまち世間とマスコミの耳目を集めることとなった。弁護士会が節を曲げてもの声明は、カエル男の事件がやはり尋常ならざるものだという認識を新たにさせたのだ。

　効果は覿面だった。

　各弁護士会の声明を受け、法務省は水面下で刑法第三十九条改正への動きを加速させた。以前副大臣が婉曲的な言い回しながら、国民の声さえ大きくなればセンシティブな刑法第三十九条の削除を視野に入れると告げた通りだった。三十九条の削除を真っ向から否定していた野党も身内に弁護士出身者が多い手前、弁護士会の声明が発表されるとたちまち矛を収めて口を噤んだ。

　世論が高まった上で、刑法第三十九条撤廃を拒んでいた障壁の二つが事実上瓦解すれば、国民のコンセンサスが得られたとして与党が国会に提案するのはもはや既定路線ですらある。意外にも渡瀬が展開を性急にさせようとした理由は、こうした既定路線で事が運ぶのを嫌ったせいだった。

「でも何故なんですか、班長。三十九条が撤廃もしくは改正されれば少なくとも有働さゆりの事件や、遡って御前崎教授が世間を恨んだような出来事は少なくなるはずです」

「俺は別に三十九条をなくしたり変えたりすることを反対している訳じゃない。ただ、世の中の流れが早過ぎるのが気に食わないだけだ」

「法律の改正が早いのは結構な話じゃないですか」

古手川が無邪気に口を滑らすと、渡瀬はこれ以上の愚か者は見たことがないという顔をした。

「いくら民主主義だからといって、その場の雰囲気や勢いで法律を制定したり廃止したりするのは危険だと言っているんだ。確かに三十九条には問題があるが、成立過程や適用自体に瑕疵(かし)がある訳じゃない。ただ他の法律と同様に悪用しようという輩(やから)が多いから胡散臭く思われているだけだ。いいか、急激な変化には大抵副作用が伴う。それを恐れたりリスク軽減を考えたりしないのを拙速と言うんだ」

渡瀬は、事件が長引けば長引くほど三十九条改正の機運は高まっていくと言う。だからこそ、まだ世論が沸騰しないうちに解決しなければならないのだと説く。さゆりの意思に添って御前崎教授の反応を窺うのもそのためだった。

果たして渡瀬が打った博打(ばくち)は丁と出た。翌日、さいたま拘置支所の岩谷から一報が入ったのだ。

『御前崎が渡瀬警部との面会を希望しています』

電話を受けた古手川は渡瀬の目論見(もくろみ)がまんまと図に当たったのを知ったが、昂揚感と同時に言い知れぬ不安を覚えた。

『本来、未決囚の発信手段は基本的に郵便もしくは電報なのですが、今回は現在進行形の事件が絡んでいるので特例です。どうしますか』

スピーカーで会話を聞いていた渡瀬は徐に頷いてみせる。

「会うそうです」

『では来所の日時をお知らせください』

電話を切ってから渡瀬を見る。渡瀬は自分の目論見通りに事が運んでいるというのに表情は冴えない。

「御前崎教授が面会を求めてくるのは織り込み済みだったんですか」

「御前崎教授と有働さゆりが接触したら何かしらの化学反応が起きるのは分かっていた」

渡瀬は敗戦処理に向かう投手のような顔をしていた。

「ただし、どういう反応になるのかはやってみなけりゃ分からん」


二人が拘置支所の面会室で待っていると、やがてアクリル板の向こう側に御前崎が現れた。彼は正面に座る渡瀬を見ると、懐かしげに顔を綻ばせた。

「ずいぶんと久しいな、渡瀬さん。相変わらず苦虫を嚙み潰したような顔をしている」

「教授もお元気そうで」

「拘置所はいいぞ」

御前崎は悪びれる様子もなく得々と語り始める。

「低カロリー低タンパクの食事に規則正しい生活。時間はあるからいくらでも本が読めるし、思索に耽ることもできる。真に文化人の生活というのはここなのかもしれない」

御前崎は誇らしげに語るが、所詮拘置所暮らしの負け惜しみに過ぎない。時間はあるが、希望がない。現在、彼は三つの殺人事件の被告人として収監されている。先週公判前整理手続きを終えたものの、犯行態様の残虐さと被害者の数から極刑は免れないというのが大方の予想だった。

「牢に入らずとも、いくらでも本は読めますよ」

「読書家なのも相変わらずか。犯罪捜査の傍ら、よくそんな時間を捻出できるものだ」

「わたしを呼んだのは、読書環境を自慢するためではないでしょう」

「おっと失礼。教養のある人間と話すのが久しぶりで、つい燥いでしまった。ニュースで知ったが、有働さゆりの件で難渋しているそうじゃないか」

「なかなか姿を現してくれないので困っています。彼女の立ち寄り先に心当たりはありませんか」

「何故わたしに訊く」

「あなたは本人よりも有働さゆりを知悉しているようですから」

「そろそろ白々しい話はやめよう、渡瀬さん。どうせわたし宛ての手紙は開封されている。有働さゆりからの手紙の内容も筒抜けなのだろう」

「否定はしません。ひどく短い文面だったみたいですな」

「彼女は長文が苦手だった。文章が長くなると取り留めのないことを書き出す癖がある。しかし逆に、短文であっても相手に意思が通じる文章が書けた」

「『最近、以前の病気が再発しましたが、いいお医者さまが見つからず難儀しています。やっぱり私を一番理解してくれるのは御前崎先生しかいないようです』」

渡瀬はさゆりの文面を諳んじてみせる。

「この文面から窺えるのは本人が病状の悪化に困惑し、教授に救いを求めている事実です」

「ふむ。病状の悪化とは具体的にどんな症状だと思うかね」

「主人格が交代し、残虐な人格がリーダーとなりつつある。元の人格は悲鳴を上げているかもしれませんね」

「素晴らしい」

御前崎はわざとらしく拍手する。

「素人精神科医にしては的を射ている。左様。逃亡生活の中で大量殺人を繰り返していれば、好戦的な人格が台頭するのが自然の成り行きだ」

「彼女はあなたに救いを求めているようですが、果たして治療できる余地が残っていますかね。八刑を脱走してからというもの、有働さゆりの行動はますます無軌道になっている」

「彼女をテロリスト呼ばわりする向きがあるが、とんでもない誤解だ。テロリストには政治的信条があるが、彼女にそんな崇高なものはない。あるのは巧緻な知恵と殺人衝動だけだ」

おぞましい話を御前崎は嬉しそうに語る。殺人マシーンを作り上げたのは己の功績だと言わんばかりの物言いに、古手川は感情を掻き乱される。御前崎との間を仕切っているアクリル板の存在をこれほど有り難いと思ったことはない。もし障害物がなければ、間違いなく自分は御前崎に殴りかかっている。

「治療できる余地が残っているかどうか、だったね。それは診てみなければ何とも言えない。時折耳に入る噂だけで診断しろなどと無理な話だ」

「では八刑に入院するまでの彼女を念頭に考えてほしいのですが、彼女は独自に規則性を持っていますか」

「単独でというエクスキューズはあるが、もちろん規則性はある」

「ニュースを見聞きするのならご存じでしょうが、今回の被害者は頭文字がカ、キと続いてからツに移っています。有働さゆりの規則性から外れていますが、この点をどう考えますか」

「ふむ」

御前崎は斜め上に視線を向け、考え込む素振りをみせる。

「彼女がルールを変えた犯行の一部始終を教えてくれないかね」

渡瀬は発見時の現場状況を淡々と説明する。横で古手川が訊いている限りでは要秘匿の捜査情報を除き、津万井の死体の状況や解剖結果などを詳細に開示している。無論、秘密の暴露にあたる情報は注意深く黙秘している。相手は拘置支所から一歩も外に出られない人間なのでそこまで注意を払う必要はないと思うのだが、こうした些末事にも気を抜かないのが渡瀬らしい。

「殺す相手を食品同様に乾燥させるか。常人にはとても思いつかないし、思いついたとしても実行しようとは絶対にせんだろうな」

御前崎は興味深げに頷く。

「しかし渡瀬さん。申し訳ないが、その情報量で彼女の思考経路を考察するのは無理だ。精度が上がったとしても伝聞はやはり伝聞に過ぎない」

「伝聞はお気に召しませんか」

「あなただって、部下から話を聞いただけで犯人の目星をつけるような真似はしないだろう」

御前崎は一拍おいてからとんでもない提案を口にした。

「現場となった食品加工の工場を直接見てみたい。そうすればあなたに助言の一つか二つができるかもしれない」

危うく古手川は御前崎を罵りそうになる。自分たちが現場を何度踏もうとも、現状以上の物的証拠は上がらない。ところが御前崎は、己が臨場すればたちどころにさゆりが方針転換した理由が分かるような口ぶりでいる。

「自信満々なんですね」

「さっきも言ったが、ここでは思索の時間がいくらでもある。彼女が犯行現場に残した痕跡、犯行声明文の原本。そうした証拠を仔細に検討すれば彼女の心理も見えてくる。彼女の次の行動も予測できるかもしれない」

とうとう我慢ができず、古手川は声を上げた。

「班長、こんな戯言に付き合う必要ありませんよ。教授は俺たちが手をこまねいているのを上から目線で嗤いたいだけです」

「まさか。そんなつもりは毛頭ない。どんな職業であれ、わたしはプロフェッショナルをとても尊敬している。古手川さんだったな。君はわたしの大きなアドバンテージを忘れている」

「何ですか、アドバンテージって」

「そもそも彼女が抑え込んでいた人格を引き出したのはこのわたしだ。今、残虐なカエル男がリーダー格となっているのなら、その心理をこの世で一番理解できるのはわたしなのだよ」

優越感に浸った顔を殴りたくなる。やはり両者を隔てるアクリル板の存在が有難かった。

「御前崎教授」

渡瀬は威迫を感じるほど低い声で言う。

「未決囚であれば、引き当たり（実況見分）その他の理由で外に出る機会はある。しかし、それはあくまで事件の当事者である場合だ。今回の事件に関する限りあなたは第三者に過ぎない。つまり、ただの野次馬だ」

「容疑者を最も理解できる専門家だ。野次馬というのは失礼だろう」

「我々に知恵を貸してくれるのは嬉しいのですが、あなたのことだ。何か対価を求めているのでありませんか」

「さすが渡瀬さんだ。話が早い」

　御前崎は我が意を得たりとばかり、身を乗り出す。

「もし助言が功を奏して彼女を捕らえることができたら、わたしの罪を減軽してほしい。あなたにその権限がないのなら、担当検事に話を通してほしい」

「司法取引という訳ですか」

「左様。公判前整理手続きが終わったばかりだが初手から旗色がよくない。弁護士も頑張ってくれているが、どうにも分が悪い」

「そりゃあ三人も殺したら、躊躇なく死刑判決を下す裁判官も少なくないでしょうからね」

「あれは崇高な復讐だった。ただの人殺しと同列に扱われるのは甚だ心外だ」

　いったいどの口が言っている。

「命乞いをしているのではない。まだまだわたしには研究し足りない問題が多く残っている。今、わたしを無きものとすれば精神医学の世界にとって大きな損失となるのだよ」


　面会を終えた今、古手川は胸焼けと胃の重さを感じていた。

「いったい何様のつもりなんでしょうね」

「今でも医官、精神医学の権威のつもりなんだろう」

渡瀬は事もなげに言う。

「ひょっとして教授が司法取引を持ち掛けるのも織り込み済みだったんですか」

「あれは他人のために骨身を削るタイプの人間じゃない」

「まさか申し入れをそのまま受けるんじゃないでしょうね」

「俺が拒否したところで、今度は担当検事に直訴するのは目に見えている。どちらにせよ、教授が有働さゆりの手紙を受け取った時点で教授が舞台に再登場するのは決まっていたんだ」

そう吐き捨てると、渡瀬は口を噤んでしまった。

4

渡瀬が御前崎教授からの申し入れを告げると、たちまち捜査会議は紛糾した。

「驚いたな」

雛壇に座っていながら、葛目管理官は当惑を隠そうともしなかった。いや、申し出の内容が意外過ぎて取り繕う余裕がなかったのかもしれない。

「なるほど、今のままでは死刑判決は免れないだろうと判断して司法取引を図ったか。確かに有働さゆりの行動を予測できれば捜査は大幅に進展する。身柄の確保にまで至れば万々歳だ。御前崎の求刑を減軽するかどうかは検察の判断次第だが、取引材料にはなり得る」

葛目が喋りながら損得勘定をしているのは誰の目にも明らかだった。先の事件で専従した古手川たち渡瀬班にしてみれば、折角逮捕した御前崎の罪を軽くされるのだから堪ったものではない。だが、巷（ちまた）で世間を騒がせているカエル男を三度逮捕できれば刑事部の大金星となる。管理官自身の評価も上がる。

一方、彼の隣に座る里中本部長は「ふざけたことを」と毒づいた。

「自分がいったい何をしでかしたのか自覚しているのか。あれだけの事件を引き起こしておきながら、今更罪を軽くしろだのとどの口が言っている」

里中の言葉は会議室に居並ぶ捜査員たちの声を代弁したもののように聞こえる。だが里中の人となりを知る者は、彼の本心が透けて見える。

仮に御前崎のアドバイスが有効に働いたとしても、未決囚の教えを乞うた事実は県警の恥として残る。その上、罪を減軽させたとなれば被害者遺族やマスコミの批判を浴びせられるのは必至だ。

アドバイスが無効となった場合は更に悲惨だ。埼玉県警は己の無能さを天下に晒し、その長である里中は当たり前に責任を追及される。つまりどちらに転んでも、里中は泥に塗れる結果となる。本人が御前崎の申し出を拒絶するのは至極当然だった。

里中の本音を知ってか、葛目は助け船を求めるように正面の渡瀬に問い掛ける。

「渡瀬班長はどう思う。御前崎のアドバイスは果たしてどれだけ有効なのだろうか」

「あの教授は自信過剰のきらいがありますが、過剰な分だけ有働さゆりの心理について詳しいとも言えます」

「では期待していいんだな」

「断言しかねますな」

葛目を前にして渡瀬は追従一つ見せない。

「有働さゆりが御前崎教授の管理下から抜け出して、既に二年近くが経過しています。その間、彼女の人格がどう変貌したのかはおそらく彼女自身にも分からない。それを拘置所の虜となった教授がどこまで理解できるのか。教授が一番詳しいのは確かですが、だからと言って全幅の信頼を置くのはリスクが大きい。聞かれたので答えますが、わたしなら無視しますな」

そうか、と葛目は鼻白む。援護射撃を期待していたのだろうが、生憎と渡瀬は上司の都合を慮るような忠誠心など持ち合わせていない。

「しかし、捜査が膠着状態に陥っている現状、心許なくてもかつての主治医の意見は傾聴に値するのではないか」

「話を聞く分には構わんでしょうが、現場に連れてくるのはお勧めしません」

「だが御前崎の出した条件は現場への臨場なのだろう」

「お勧めしません」

「ここは渡瀬班長の意見を尊重して、慎重になるべきだろう」

里中は援軍を得たような勢いで葛目に畳み掛ける。

「いくら精神医学の権威か知らないが、未決囚の知恵を借りたなど世間に知れたらいい物笑いのタネだ」

「しかし本部長、このまま有働さゆりが犯行を重ねていけば物笑いのタネでは済まなくなりますよ」

「だからこそ一課が奮闘するべきではないかね」

ここに至って里中と葛目の確執が露呈され、会議室は白けた空気が蔓延する。里中も葛目もキャリア組なので出世や責任に関わる問題には敏感に反応する。対して古手川たちの多くはノンキャリアだから、馬鹿らしさも募ってくる。渡瀬はと見れば、こうなることを予測していたのか薄目を開けて里中たちのやり取りを見物している。

事によれば渡瀬は後悔しているのかもしれないと古手川は考える。有働さゆりからの手紙がさいたま拘置支所の総務部に送達された時点で握り潰してしまえば、会議が無駄に紛糾することもなかった。

しばらく里中と葛目が角突き合わせていると、栗栖一課長がおずおずと間に割って入った。

「未決囚の扱いについては担当検事に一任するというのはいかがでしょうか。そもそも司法取引すると言っても、交渉相手は検事になる訳ですから」

里中と葛目は顔を見合わせ、腑に落ちたかのように浅く頷く。渡瀬も珍しく反応して両目を開いた。

古手川も久しぶりに感心していた。栗栖という男は渡瀬や瀬尾といった個性派揃いの班長たちのせいで影が薄く、本人の日和見主義も相俟って捜査員からの受けはよくない。ただし調整型の管理職としては及第点で、内輪のいざこざを解決させる手腕は栗栖ならではのものだった。

「どのみち県警本部が回答を保留したところで、御前崎は担当検事に直訴する可能性が大きいでしょう。だったら検事に案件を委譲するのが早いか遅いかだけの違いです。それに検事にしたところで、未決囚よりは県警本部からの要請の方が応じやすいでしょう」

『俺が拒否したところで、今度は担当検事に直訴するのは目に見えている』

渡瀬の予想はここで実現した。果たして里中と葛目は暗黙のうちに手を握ったようだった。

「御前崎の要望は、そのまま担当検事に伝え、敢えて捜査本部は関知しない」

里中の鶴の一声で御前崎の件は決着がついた。後は例によって地取りと鑑取りの報告が続いたが、然したる新情報もなく捜査の膠着状態を確認するだけに終わった。

会議が終了すると、栗栖が渡瀬の許に近寄ってきた。

「有働さゆりからの手紙を御前崎に渡すのは渡瀬班長の判断でしたね」

「ええ」

栗栖は急に申し訳なさそうな声になる。

「直に御前崎の要求を聞いたのも渡瀬班長です。ついでと言っては何ですが、担当検事への要請もあなたが行ってくれませんか」

　横にいた古手川が代わって抗議しようとする前に、渡瀬が片手を挙げた。

「分かりました」

　どこか不貞腐れた返事を聞いた瞬間、古手川は察した。

　渡瀬は栗栖に入れ知恵したのだ。栗栖が提案した際の台詞を思い返すと、そうとしか思えない。会議の席で里中と葛目が対立するのも織り込んでいたのだ。

「ではよろしく」

　そそくさと立ち去る栗栖の背を見送ると、古手川は早速渡瀬を見た。

「全部、班長の手の内ですか」

「上司は巧く使えと言ったはずだ」

「担当検事への要請も班長が言い出したんですか」

「それはとばっちりだ」


　さいたま法務総合庁舎は県庁を挟んだご近所だが、県警の捜査員がそうそう出向く場所ではない。地検を訪ねるのも年に一度あるかないかだ。

　既に約束は取り付けてある。渡瀬と古手川は執務室の前に立つ。ノックをするとすぐに返事があった。

「どうぞ」

予め人払いをしてくれたのか、部屋には検事一人だった。

「お久しぶりですね、お二人とも」

一級検事天生高春（あもうたかはる）は相好を崩して二人を迎え入れた。

「天生検事の戦績は県警本部にも伝わっています」

「有罪率をキープできているのは送検される案件に遺漏がないからですよ。わたしの手柄ではありません」

天生は数年来の知己と会うような笑みを浮かべて、二人に応接ソファを勧める。

天生と渡瀬たちには浅からぬ縁がある。数年前、天生は尋問中の被疑者を射殺した容疑で事件に巻き込まれた。担当検事が被疑者を殺害するという前代未聞の事件を捜査したのが天生の旧友と古手川であり、二人の尽力で天生は危うく罪を着せられずに済んだ。それ以来、天生は古手川たちに絶大な信頼を置いている次第だ。その天生が御前崎の事件で捜査検事を担っているのだから奇遇としか言いようがない。

「それで渡瀬警部、話というのは何ですか」

「天生検事がお嫌いであろう取引の話です」

「嫌うかどうかは聞いてから判断しましょう」

渡瀬はカエル男事件に絡んで、御前崎から提案を受けた件を説明する。淡々とした喋り方は相手を刺激させないための配慮と思われるが、案に相違して天生は途中から機嫌を損ねた様子だった。

「確かに、あまり愉快な話ではありませんね」

「そう言われるのは重々承知しています」

「誤解なさらないでください。不愉快なのは渡瀬警部のことではなく、御前崎の提案内容です。あんな事件を起こしておきながら司法取引とはこざかしい。まだ自分には裁判の趨勢を左右する力があると錯覚しているんですね」

「実際に他人を操ってきた人間ですから」

「現状、有働さゆりの捜索はどこまで進んでいるのですか」

「最後に確認できたのは横浜市内。子ども連れであるのを目撃されています」

「彼女の行方も然ることながら、連れ回されている子どもの安否が気になりますね」

「捜査本部が危惧しているのは、まさにその点です。人権派弁護士三人に続いて男児まで殺されたとなれば責任問題ですからな」

「相手は五十人以上の無辜の人々を血祭りに上げてきた凶悪犯です。今更被害者名簿に子どもの名前が加わることなど屁とも思っていないでしょう」

古手川は反論したい衝動に駆られたが何とか堪える。今は個人的な経緯を口に出す場面ではない。

「公判前整理手続きの段階になって、ようやく御前崎は分の悪さに思い至ったようです」

「弁護士も及び腰でしたからね。どだい三人も残虐な手口で殺めた被告人が極刑を免れる訳がない。それで死刑を回避できると考えているとは、彼が以前に医官を務めていた事実を俄には信じ難い」

「権威に染まった人間ほど『自分だけは特別』と思うようです」

「自戒すべき言葉ですね。なるほど埼玉県警の意図は理解できました。渡瀬警部は御前崎を臨場させるのを有効だとお考えですか」

「正直分かりません。果たしてリスクに見合ったリターンがあるかどうか。慎重を期すべきなら当然避ける局面でしょう」

「しかし虎穴に入らずんば虎子を得ずという諺もあります」

「今回の場合、穴に潜んでいるのは虎子ではなく成獣ですよ」

「さて、どうしたものか」

天生は腕組みをし、束の間黙考に入る。

やがて腕を解いた時、天生は目に悪戯っぽい光を宿していた。

「いいでしょう。御前崎の司法取引とやらに乗ってみましょう」

この回答は意外だったらしく、渡瀬は訝しげな顔をしてみせた。

「いいんですか」

「ハイリスクであるけれどハイリターンを望めない訳でもない。協力は惜しみません。まだ公判前ですから求刑の内容は変更できます。公判検事も気心の知れた同僚ですから説得してみますよ」

「県警本部は喜ぶでしょうが、天生検事は立場上面倒なことになりはしませんか」

「ご心配には及びません。カエル男事件の解決はさいたま地検も希求するところですしね。事情を説明すれば次席検事も理解してくれるでしょう」

楽観的過ぎるのではないかと気を揉んだが、天生の次の言葉を聞いて古手川は安堵した。

「少し小狡いですが、裁判官たちにも司法取引の件は根回ししておきます。渡瀬警部なら、この意味はおわかりでしょう」

「実際に下される判決が検察側の求刑より重い刑であっても違法じゃない」

「その通りです。過去にも『裁判所は検察官の求刑に拘束されない』という判例があります」

つまり司法取引に則って求刑を極刑以外にしたところで、判決までは与り知らぬという意味だ。

「取引としては無期懲役が妥当な線でしょう。頑迷に拒むのなら二十年の有期刑で譲歩してもいい。極刑を免れるのだから、御前崎も首を縦に振らざるを得ない」

あっと思った。

「古手川さんも気づかれたようですね。そうです。御前崎の年齢なら無期もしくは二十年の懲役は拘置所内で死を迎えることを意味します。それが彼の望みに合致するかどうかは別として」

やけに前向きな天生に対し、渡瀬は憮然とした顔で浅く頷くだけだった。


地検を後にしても渡瀬は渋面のままだった。

「班長は御前崎が懲役刑になるのが気に食いませんか。実は俺もです」

古手川は我が意を得たりとばかりに話し出す。

「殺した人間の数だけじゃない。やり口も被害者の選び方もまともじゃない。たとえ檻の中で一生を終えるとしても、死刑より軽い刑なんて道理に合いません」

「道理か。お前の口からそんな言葉が出るとはな」

「班長も不合理だと思ったから、あんな仏頂面をしていたんでしょう」

「胸糞悪くもあるが、それ以上に気色悪かった」

渡瀬は吐き捨てるように言った。

「まるで誰かの思い通りに動かされているような気色悪さだ」

五

射殺す

1

天生の承諾を得て捜査協力が認められ、御前崎は渡瀬班とともに実況見分に赴くこととなった。

午後一時、御前崎を乗せたパトカーは一路〈オギシマフーズ〉の工場に向かう。

「やはり風景が変わりゆくさまというのは、見ていて心が浮き立つな」

車窓の景色を眺めていた御前崎は子どものように燥ぐ。房の窓から見えるのはいつも廊下と言うから気持ちは分からないでもない。渡瀬と古手川に挟まれて窮屈そうにしているのはご愛嬌だ。

「拘置所内は思索に最適ではなかったのですか」

渡瀬が皮肉るが、御前崎は気づかないのか気づかないふりをしているのか鷹揚に返す。

「人間にも時には放牧が必要なのだよ。管理職のあなただって、こうして現場に出ているじゃないか」

「教授は健康のための外出でしょうが、わたしは現場に立つ度に不健康になる」

「興味深いな。不健康だと分かっていながら何故現場に立つのかね」

「昭和世代ですからな。健康を損なうくらいでないと仕事をした気になれんのですよ」

「不健全な信条だな」

「あなたよりは健全なつもりですがね」

「何をもって健全とするかは議論の分かれるところだな」

「単純ですよ。子どもでも知ってる」

「ほう、聞こうじゃないか」

「他人に迷惑を掛けない、ですよ」

古手川は内心で拍手喝采したが、御前崎は「つまらんジョークだ」と切って捨てた。

現場に到着すると、渡瀬と古手川は御前崎を挟んで車外に出る。

川口市本蓮の工場地域は昼休憩を終え、各建物から賑やかな音を立てている。静まり返っているのは実況見分のためやむなく稼働を停止している〈オギシマフーズ〉と道路向かいの廃工場くらいのものだ。

当該工場の周辺は交通規制をかけているので、クルマの走行も人の往来も途絶えている。工場の出入口を中心とした半径十メートルにはぐるりと規制線が張られ、渡瀬班の面々が半円周上に並んでいる。仮に御前崎が脱出を試みようが這い出る隙もない。また、御前崎が行動する際は渡瀬と古手川を含めた四人が離れずにいるので、妙な素振り一つできない。野次馬が数人規制線の外に屯して、何人かは好奇心を露(あら)わにしてスマートフォンを向けている。

「現場に足を踏み入れる前に滅菌室でクリーンスーツに着替えてください」

古手川が説明すると、御前崎は煩そうに顔を顰めた。

「なかなか面倒だな」

「工場側には無理を言って立ち入らせてもらっています。せめて作業フロアに雑菌を持ち込まないのが最低限のルールですよ」

お前自身が悪質な雑菌だ、とは口に出さずにいた。

クリーンスーツに着替えた五人は第一ラインから次のラインへと順繰りに進む。第四ラインに足を踏み入れ、一同は足を止める。

津万井を乾燥死させた業務用食品乾燥機はまだそこにあった。内部に残った組織や毛髪は鑑識が根こそぎ採取した後だが、人一人乾燥させた機械を食品加工に使用し続けられる訳がない。ただし筐体(きょうたい)自体が巨大で重量があるため、すぐには撤去できないのだ。

「これが例のものか。存在は知っていたが実物を見るのは初めてだよ」

御前崎は興味深げに食品乾燥機に近づく。

「この中に閉じ込められ、摂氏七十度で十二時間か。サウナ好きには堪らんだろうな」

遺族が聞いたら激怒する言葉を平気で口にする。古手川たちも恐怖心やおぞましさを誤魔化すためにブラックジョークを吐くことはあるが、御前崎の口から聞かされると余計に嫌悪感が募る。

「前後不覚となった大の大人をここまで運ぶことが女手一つでできますかね」

「彼女なら可能だろう」

御前崎は渡瀬に答える。

「彼女の場合、普段でも体力がある方だが、人格が交代すると成人男性並みの力を発揮するらしい」

「人格によって体力にも差が出るのですか」

「渡瀬さんも知っての通り、人間の体力というのはアドレナリンの分泌量に作用される。そのアドレナリンは脳からの信号で視床下部で拡散され、更に交感神経節を通じて身体全体に行き渡る。アドレナリンが心拍数を上げ、筋肉にエネルギーを供給する。瞳孔が開き、一時的に視力が向上する。特に測定した訳ではないが、有働さゆりの場合、人格が交代するとアドレナリンの分泌量が飛躍的に増加するらしい」

不意に古手川はさゆりと格闘した際のことを思い出す。殴られた時、そして確保した時の抵抗力は到底中年女性のそれではなかった。

御前崎はひとしきり食品乾燥機とその周囲を見て回ると、納得したように頷いてみせた。

「ここはもう結構です。知りたいことはほぼ知れました」

一同は元来た道を戻り、滅菌室でクリーンスーツを脱いで外に出る。御前崎はひと時の自由を満喫するように大きく背伸びをした。

「実に気分がいいな、渡瀬さん」

「シャバの空気がですか」

「それもあるが、自分の造り出した患者が完璧な判断力と行動力を備えた人格を獲得したのだよ。生みの親として大変に誇らしい」

「完璧な判断力、ですか」

渡瀬は呆れたように返すが、御前崎はその反応も無視して自画自賛に耽る。

「一人で綿密な計画を練り、躊躇なく行動する。だからこそ警察も彼女を捕まえられない。これ以上に完璧な犯罪者はそうそういまい。行動が反社会的だから非難されるだけであって、これが建設的あるいは創造的な行為であれば非難も称賛へと引っ繰り返る。世間なんてそんなものだ」

聞いている途中から、またぞろ昏い感情が込み上げてきた。話す度にこちらを不快にさせてくれる人物こそそうそういないのではないか。

「では教授。完璧な判断力を獲得した有働さゆりが次にどんな行動に出るのか、教授の考えをお聞きしたいですな」

「この惨劇はまだまだ終わらない」

御前崎は心持ち胸を張り、得々と話し始める。

その時だった。

規制線のはるか後方でいきなり火柱が上がった。

耳をつんざくような爆発音と爆風に襲われ、その場にいた者は等しく身体をよろめかせる。

何だ。

いったい何が起きた。

爆発音で一時的に聴覚が麻痺し、古手川は何も考えられない。だが危機が身近に迫っていることは感知できる。依然として火柱は高く上がり、辺りの空気を焦がしている。

御前崎を中心とした警戒態勢はあっという間に崩れ、捜査員たちは駆け出したり屈んだりと、ばらばらの動きを見せる。古手川も火柱の上がる元を確かめようと目を凝らす。

風が頬を撫ぜた。

いや、風ではない。

反射的に頬を押さえた手を見ると、血で染まっていた。少し遅れて頬に痛みを感じた。

これは何だ。

混乱した頭は今起きている出来事を把握できない。狼狽えているうち、ようやく回復し始めた聴覚が耳元を掠める音を拾う。

ひゅいっ。

幻聴か。

ひゅいっ。

ひゅいっ。

違う。現実の音だ。

頬の傷が燃えるように熱い。

何かの飛来物に急襲されていると知った時、恐怖が全身を貫いた。

殺される。

だが恐怖とともに生じた職業的使命感が、竦んだ肉体に鞭を打つ。

警察官以外の者を護れ。

咄嗟に御前崎の方を振り返る。彼も突然の爆発で我を失ったように立ち尽くしている。周囲を飛び交う飛来物には気づいていないようだ。

危ない。

古手川は御前崎の身体を押し倒し、彼を護ろうとした。

御前崎の身体に手が届くまであと一メートルという時だった。

ずっ。

御前崎の頭部が直線の異物によって貫かれる。

矢だ。

左の眼窩に突き刺さった矢が後頭部から突き出ている。

ひゅうっ。

次の矢も命中した。御前崎の胸部に突き刺さり、これも背中まで貫通していた。

御前崎は、どうして自分がと不思議そうな表情を浮かべたまま、その場に頽れる。

「畜生っ」

渡瀬の濁声が辺りに轟き、その声で古手川以外の捜査員も我に返ったようだ。

「一カ所に固まるな。散開して次の攻撃に備えろ。矢の飛んできた方角を確認して報告」

不測の事態に飛ばす指示としては完璧だと、古手川は場違いな感想を抱く。

渡瀬は素早く御前崎の枕元に駆け寄り、頸部に手を当てた。

「救急車」

「息があるんですか」

「駄目だ、既に事切れている。救急隊員に蘇生を委ねるしかない」

古手川は急いで一一九通報する。

混乱の元となった火柱は早くも収まりかけている。火は産業廃棄物の集積場から立ち上っており、どうやら廃棄物の中に爆発物を紛れ込ませていたらしい。

爆発音に驚いて避難していた野次馬たちは数を倍にして戻り、一斉にスマートフォンで撮影を始める。野次馬たちは誰も彼もが卑しい顔をしている。目の前で惨劇が起きたというのに、どうしてそんな立ち居振る舞いができるのか。いっそこちら側からも撮影して、彼らの顔を晒してやりたい衝動に駆られる。

「班長、矢の飛んできた方角ですが」

散っていた一人の捜査員が報告に戻る。

「あの廃工場の中からではないでしょうか」

古手川は御前崎の立っていた場所と刺さった矢の向きから方角を辿る。果たしてその延長線上には廃工場が位置している。

「警戒を怠るな」

渡瀬の合図とともに古手川たちは廃工場に突入する。襲撃に備えて互いに間隔を保ち、狙撃手の姿を探す。鉄錆の臭いと埃が立ち込める中、身を低くして息を殺す。

だが懸命の捜索にも拘わらず猫の子一匹見つけ出すことができなかった。

頭部と胸部それぞれを射貫かれた御前崎は最寄りの救急病院に運ばれたが、蘇生施術の甲斐なく搬送途中に死亡が確認された。三人もの命を奪った者としては、ひどく呆気ない最期と言える。

拘置所から連れ出した被疑者を殺された挙句にまんまと逃げられ、渡瀬班の大黒星になってしまったのは否定しようがなかった。

幸か不幸か実況見分には鑑識係が同行していたので、爆発が収まるなり即座に作業が開始された。

「爆発は陽動に過ぎなかった」

珍しく渡瀬は己の失態を悔やんでいるように見えた。

「あの一発で注意力を殺がれた。皆が意表を衝かれ、御前崎教授がノーマークになった。犯人の狙いは御前崎教授を射殺することだったんだ」

　狙撃に使用されたクロスボウは廃工場の二階に放置されていた。EK-Archery社の〈COBRASYSTEM　ADDER〉という代物で五本の連射が可能の優れモノだ。無風状態で最大二〇〇メートルの飛距離を誇り、平行撃ちなら三〇～五〇メートルの有効射程距離を持つ。採取された矢はカーボン製で先端はより鋭く加工されていた。

「狡猾だ。矢だから銃声もなく、襲撃されたことにも気づかない。俄には狙撃手の位置も把握できない」

「しかし班長。有働さゆりにクロスボウの腕前があるなんて想像もしませんでした」

「平行撃ちならともかく、二階からの狙撃なら命中率も上がる。練習を重ねたかもしれないが、実際に最初の三発は外れている。連射式のクロスボウを選んだのは、実戦で照準を合わせる目的もあったんだろう。標的は御前崎教授ただ一人だった」

　遺棄されたクロスボウからは有働さゆりの指紋が検出された。

　また産廃の集積場からは可燃性物質とタイマーの一部が採取された。可燃性物質の正体は軽質ナフサで、沸点範囲が三五～八〇℃と燃焼しやすいのが特徴の火薬だ。焼夷弾に仕込まれた可燃物質と言った方が聞こえはいいだろう。タイマーが木っ端微塵に四散しているので断言はできないが、おそらくリモート式の起爆だろうと鑑識は推測した。渡瀬もこの意見に賛成で、狙撃手は廃工場の二階から渡瀬たちの動きを俯瞰しながらここぞという瞬間に携帯端末を使って起爆させたと思われる。

有働さゆりは以前、大型バスの爆破事件を起こした際も同様のタイマーと軽質ナフサを使用している。今回の一件はその経験が十二分に活かされたものと言える。

報告を受けた天生は渡瀬たちを気遣う一方、やはり落胆を隠さなかった。

『無念としか言いようがありません』

彼の声には悲痛さが滲む。

『特殊な、そして決して許されざる人間でした。非業の死ではありますが、彼は司法の手で裁かれなければならなかった。返す返すも残念です』

天生は口にはしなかったものの、さいたま地検が渡瀬班延いては県警本部に不信感を抱いたのは明らかだった。里中と葛目が渡瀬を呼びつけ、長時間に亘って叱責したのは言うまでもない。

しかし意外にも二人は渡瀬班を専従から外そうとしなかった。その意図は古手川にも透けて見える。敗戦処理よろしく渡瀬に詰め腹を切らせるつもりなのだ。いつぞや渡瀬は敗戦処理に向かう投手のような顔をしていたが、今にして思えばこの事態を予感していたのかもしれない。

「すみません、班長」

本部長室から戻ってきた渡瀬に向かって、古手川は深々と頭を下げた。我ながら情けないと思うが、今の古手川には頭を下げる以外にできることがない。

「俺たちが雁首揃えていながら」

「手前のことを雁首だなんぞと卑下するな」

渡瀬は一喝して古手川の言葉を遮る。

「現場で起きたことは一切合切、現場に立った俺の責任だ」

己が全ての責任を取る。渡瀬がそのために現場に立つことは知っているが、今回ほど悔やんだ例はない。

「しょげてる暇があるなら、今から挙げる人間の銀行口座を調べた上で本人を引っ張ってこい。すぐにだ」

渡瀬が告げる名前を聞き、古手川は少なからず驚いた。

「御前崎教授を殺されはしたが、お蔭で有働さゆりの目論見が分かった。遅きに失したのも全部俺の責任だ。クソッタレめ」

最初に取調室に現れたのは越田暁美だった。

「ご足労をかけますな、越田さん」

「これはどういうことですか、警部さん」

暁美は挨拶も抜きで渡瀬に食ってかかる。記録係の古手川が制止しようとするが、彼女の勢いは止まらない。

「いきなり警察署に同行しろって。わたしにも仕事があるんですよ」

「烏森弁護士の事件で進展があったものですからね」

「進展も何も、烏森を殺したのは指名手配中の有働さゆりじゃないですか。それを今更進展があったなんて。彼女が捕まりでもしたんですか」

「確かに烏森弁護士は有働さゆりに殺害されたと考えていいでしょう。サービスエリアの防犯カメラには彼女らしき人影が烏森弁護士の身体を運ぶ場面が記録されている。歩容パターンというものがありましてね」

渡瀬は丁寧に歩容パターンとその認識システムについて説明する。

「そしてサービスエリアに出没した不審者の歩容パターンを解析したところ、データベースに保存されていた有働さゆりのそれと一致したという訳です」

「ほらご覧なさい。彼女が犯人だというのは防犯カメラからも明らかなんでしょう。どうしてわたしが呼ばれなきゃいけないんですか」

「話は変わりますが、最近の暮らし向きはどうですか」

「夫も家を出ていったきりで一人暮らしが続いています。わたしのパート代だけではかつかつで一人分の生活費を捻り出すのが精一杯ですよ」

「あまり余裕のない生活ですか」

「あまりではなく全然です。わざわざそんなことを言わせるために呼んだんですか」

「実はあなたの銀行口座を調べさせてもらいました。六月十二日にあなたは二百万円を現金で引き出している。全然余裕のない暮らしでは二百万円というのは大金でしょう。いったい何に使いましたか」

　傍目にも暁美は狼狽していた。

「わたしのおカネです。わたしがどう使おうが勝手でしょう」

「あなたの家に伺った際、家の中に高価なものはまるで見当たらなかった。問題は現金を引き出した日付です。六月十二日と言えば烏森弁護士が殺害される二日前です」

　返事が途切れたが、構わず渡瀬は続ける。

「言われるようにあなたのカネをどう使おうがあなたの勝手だ。しかし、それが殺人代行の料金となれば話は別だ」

「何を言い出すんですか」

　さすがに暁美は逆上してみせる。

「言うに事欠いて殺人の代行だなんて」

「犯行自体は有働さゆりの仕業で間違いない。しかし有働さゆりはどうやって烏森弁護士を捕捉し拉致できたのか。彼はあの日書類仕事をした後、事務員に鍵を渡して六時過ぎに退社しました。それは毎日のルーティンでしたが、有働さゆりはどうやってそれを知ることができたのか」

「毎日、烏森の行動を見張っていれば大体分かるでしょう」

「毎日、朝から晩まで事務所前を張っていれば嫌でも人目につく。事務所所在地の浦和区高砂三丁目は県警本部の目と鼻の先で防犯カメラがそこそこに設置されている。ところがそのいずれにも有働さゆりの姿は認められない。情報提供者がいるんですよ。烏森弁護士の行動パターンを知悉した何者かが。現状、思いつくのは事務所の事務員か細君、彼を追いかけ回し自宅マンションに不法潜入までしたあなたの三人しかいない。しかし事務員と細君には彼を殺す動機がない。有働さゆりに烏森弁護士の日課を教えたのはあなただ。そして二百万円の料金を渡して彼の殺害を依頼したんだ」

「馬鹿馬鹿しい。証拠でもあるんですか」

「現金でやり取りをしたのは、有働さゆりにカネを渡した記録を残したくなかったからだ。だがケータイはどうですかな。烏森弁護士の日課を伝えるにしても報酬を手渡すにしても連絡は欠かせないはずだ。そんなにご自身の潔白を主張されるなら、あなたのスマホをお借りできますかな。言っておきますが通話記録を削除しても解析はできるんですよ」

渡瀬は凶暴な顔を近づける。いささか卑怯だが、この顔だけで相対する者にはかなりの威圧になる。

果たして暁美は蛇に睨まれた蛙のように震え出した。あとひと息で落ちる。古手川がそう思った時、渡瀬は最後の一打を放った。

「一つだけあなたを弁護するとすれば、話を持ち掛けたのは有働さゆりではないかという点です。どうですか」

退路を一つずつ絶ってから一つだけ逃げ道を示す。単純な手法だが相手によっては覿面に効く。ちょうど暁美がそのタイプだった。

脱力したように俯いていた暁美は、やがてぽつりぽつりと語り始めた。

「有働さんが家にやってきたのは六月のはじめでした。家の住所は真凛の事件を報じたニュースから知ったそうです」

「彼女は最初から本名を名乗ったのですか」

「はい。自分が指名手配されている身分であるのも話してくれました。当然身構えましたが、こういう身分だからあなたができない仕事もできる。あなたは真凛ちゃんを殺した犯人を助けた烏森弁護士が憎くないのかと」

暁美はいったん言葉を切り、ゆっくりと顔を上げた。

「殺したいほど憎い、とわたしは答えました。それで契約は成立しました。烏森の死亡がニュースになった日、わたしは事前に引き出していた二百万円を有働さんに渡しました。彼女とはそれきりです」

二人目は安西景織子だった。

「どうしてわたしが取り調べを受けなければならないのですか」

渡瀬は暁美に告げたものと同様、木嶋鈴里の殺害が景織子の意思によるものと断じる。もちろん景織子は否定したが、渡瀬の追及は止まらない。

「六月三十日、あなたは自分の預金口座から百万円を引き出している。その使い道を教えてくれませんか」

「それは」

話しかけて景織子は言葉に詰まる。

「人一人殺して百万円というのはいかにも安価だが、無論この価格設定にも意味があります。木嶋弁護士はスタンガンで気絶させられてから現場となった廃ビルに運ばれました。この廃ビルは野中にあって六階建て、いかに有働さゆりに成人男性並みの体力があるにしても彼女一人では手に余る。そこであなたたちは二人がかりで木嶋弁護士を運び、杭に縛りつけた。実際、この方法はあなたの罪悪感を減じるには格好だった。憎い相手を突き殺すのはあくまでカラスで、あなたは彼女を拉致して身動きが取れないようにしただけだ。しかも有働さゆりという共犯がいるから罪悪感は更に半減する。しかしね、安西さん」

ここで渡瀬は例の凶暴な顔をぐいと近づける。

「共犯が何人いようが直接手を下すまいが、あんたが人殺しであるのは否定しようがない。亡くなった梨華さんは、そんなあなたを見てどう思いますかね」

娘の名前を出された途端、景織子の防護壁は音を立てて崩れたらしい。がくりと肩を落とし、後は息を吐くように供述した。

「有働さんから素性を聞かされた時には恐怖より先に冗談だと思いました。だって、有働さん、どこにでもいる主婦みたいで笑顔はとても人懐っこいです。でも梨華の仕返しをしたくないか、もし不安なら自分が手伝うからとまで言われました。協力金は百万円。少し高いかなとは思いましたけど、それで梨華の仇を討てるのなら安いものです。あの女は山辺を助けたばかりか、自分も人権派の旗振り役と称して名を上げていきました。それがどれほど口惜しかったか。マスコミがあの女を持て囃す度に全身の血が逆流する思いでした」

景織子はきっと唇を噛み締めた。

「木嶋を廃ビルに放置した翌日、わたしは有働さんに百万円を渡し、それで契約は解除となりました」

「共犯ということで不安は覚えなかったんですか。有働さゆりの口からあなたの共犯が露見するかもしれない」

「その時は有働さんも捕まるんです。彼女から教えてもらったんです。共犯はリスクがあるけどお互いの命綱を握っているメリットもあるって」

景織子は一区切りすると大きく息を吐いた。

「仮に捕まったとしても、それはそれでいいんです。あの憎い女が少しずつ食い千切られながら死ぬのを楽しめたんだもの。考えてみればこれ以上に残酷な死刑ってないでしょ。梨華はこんな母親を見て悲しむかもしれないけど、わたしは思いを遂げて満足しているんです」

景織子は憑き物が落ちたような顔で笑ってみせた。

最後の尋問相手は桑畑日美香だった。渡瀬はやはり彼女の銀行口座から百万円が引き出されている事実を皮切りに、日美香をじわりと追い詰めていく。

「でも警部さん、わたしの退出記録を見たんでしょ。わたしは土曜日の十六日の午後六時十五分に出てから月曜日まで工場に出入りしていません」

「馬鹿らしいほど簡単な手だ。あの日あなたは三橋希美さんと五分遅れで工場を出ている。その五分であなたがした仕事は、着替えの最中に三橋さんから社員証とクリーンスーツを奪うことだった」

「簡単に言うのね。他人の社員証やクリーンスーツを奪うなんて簡単にできるものですか」

「確かに簡単じゃない。だから何度も挑戦したんだ。この計画の肝は他人の社員証を使って工場に出入りすることだ。別の言い方をすれば、他人の社員証が手に入った時点で犯行を起こせばいい。何日も同じ時間に退社していれば三橋さんも警戒心を解く。それが問題の土曜日だった。ようやく彼女から社員証を盗み出したあなたは滅菌室に取って返し、今しがた彼女が脱ぎ捨てたばかりのクリーンスーツも盗んだ。同じ時間に帰っていたあなたが、あの日だけ五分遅れたのはその作業があったからだ」

「よくもまあ、見てきたような嘘を吐けるものだね」

「じゃあ百万円の使い途を教えてくれるかね」

「ふん」

日美香は不満げにしているが抗弁しようとはしない。

「晃くんを殺した少年たちの量刑を軽くした津万井を亡き者にできる。しかも自分には疑いがかからない方法で。有働さゆりの言葉はこの上ない誘惑だった。しかも彼女が助けてくれるから、自分だけでは困難な犯行も可能だ。あなたは一も二もなく誘いに応じた」

「証拠はあるの」

日美香の挑発は古手川にも刺さる。津万井に恨みを持ち、尚且つ〈オギシマフーズ〉の内部事情や食品乾燥機の扱いを知っている者は日美香しかいない。だがいくら疑わしくても物的証拠がなければ公判を維持するのは困難だ。

「証拠なら、ある」

断言口調に、日美香は身じろぎもしなかった。

「犯行後、ダストボックスに投げ入れられていたクリーンスーツの内側には三橋さんの汗が付着していた。一日中作業していたから、室内は涼しくとも汗を掻くのは当たり前だ。年相応に角質化した皮膚片も剝離する」

「それがどうしたって言うのよ」

「鑑識の世界にはロカールの交換原理というのがある。土の上を歩くと足跡がつく。同時に靴底には土が付着する。二つの物体が接触した場合は物質の交換が行われるという法則だ。問題のクリーンスーツには三橋さんの汗以外にも、微小ではあるが衣服の繊維が検出されている。これは三橋さんの私服から付いたものだが、一部色合いの違う繊維もあった」

「まさか、その繊維がわたしの私服から抜け落ちたものとでも言うの。自慢じゃないけど工場に着ていく服なんて量販店で買ったものが大半よ。わたしのものとは限らない」

「クリーンスーツ側だけの問題ならそうだ。話は最後まで聞きなさい。わたしは交換原理と言った。つまりクリーンスーツに私服の繊維がつくのと同時に、クリーンスーツを着た者の服にも三橋さんの汗が付着しているという意味だ」

渡瀬は日美香の目の前に一枚の文書を突き出す。

「これは家宅捜索の令状だ。今頃、刑事と鑑識係があなたの衣装棚を引っ搔き回している頃だ」

「噓」

「汗ってのは厄介な代物で、洗濯しても臭いが消えるだけであって分子レベルで破壊できるものじゃない。あなたの服のどれかから三橋さんの汗が検出されたら、今度はどんな言い訳をするのかね」

日美香は萎れた花のようになり、数分後に供述を始めた。

三人の供述が終わると、古手川は訊かずにおられなかった。

「有働さゆりの主犯に、それぞれ別の共犯者がいただなんて聞いたこともないですよ」

「烏森弁護士の事件で有働さゆりの単独犯という印象を植え付けられた。だから第二第三の事件も目を晦まされていた」

「いったい、いつから気づいていたんですか」

「御前崎教授が殺された直後からだ」

渡瀬は倦んだような口調だった。

「有働さゆりの目的は御前崎教授の殺害だ。しかし教授は拘置所の中で手を出せない。殺せるタイミングは教授が拘置所から出た時だけだ」

「つまり三つの殺人は御前崎教授を誘い出すための餌だったんですか」

「三人目で法則を変えた理由もこれで説明できる。『いいお医者さまが見つからず難儀しています。やっぱり私を一番理解してくれるのは御前崎先生しかいないようです』。俺たちを攪乱する一方で、教授には『あなたなら殺人の順番を替えた理由が分かるだろう』と挑発したのさ。情けない話だが彼女の企てには俺も引っ掛かった。何らかの意図があると怪しみながら、結局は教授に手紙を渡したからな。十中八九、有働さゆりは俺たちがそうせざるを得ない事情まで考え併せていたと思う」

渡瀬が言った『俺やお前には分からないが、御前崎教授と有働さゆりとの間では通じる意味が込められている。かたちを変えた暗号と言えなくもない』というのは、そういうことだったのか。

「彼女がそこまで御前崎教授の心理を読んでいたとは俄に信じられません」

「いっときは追体験を通して共感し合った間柄だ。そうでなくても教授は分かりやすい性格をしている。彼の自己顕示欲と功名心はお前だって知っているだろ。彼はまんまと有働さゆりの挑発に乗り、自分こそは彼女の隠れた意図を看破してやるぞとばかり名乗りを上げた。とんだピエロだったのさ」

教授とのやり取りを重ねた自分には思い当たるフシがいくつもある。古手川はこくこくと頷いた。

「教授を誘い出す罠に過ぎないから殺す相手は誰でもよかったが、理想なのは法則性に沿った連続殺人だ。それで人権派弁護士に白羽の矢を立てた。恨みを買うことの多い連中だからな。獲物が決まった時点で自動的に共犯者も決まった。共犯はリスクがあるがお互いの命綱を握っているメリットもあるというのも、実は有働さゆり側の事情でもある。比較的楽に殺人が行えるし、共犯者は口を噤むしかないから、犯行を続けられる」

古手川は頷きながらも違和感を払拭できずにいる。殺す相手が誰でも構わないはずなのに、計画も共犯者を操る手管もかなり周到だ。この不整合さが喉に刺さった魚の小骨のように引っ掛かる。

「納得できないって顔だな」

図星を指されて、古手川は慌て出す。

「一つ一つの犯行は綿密だが、全体としては自暴自棄のような印象を受ける。違うか」

「その通りです」

「お前の受けた印象は、おそらく間違っちゃいない。有働さゆりは半ば自暴自棄になっている。そう仮定すると、彼女の次の行動が朧げながら見えてくる」

渡瀬の説明が続こうとした瞬間だった。

卓上電話が鳴り、会話を遮った。

「はい、捜査一課」

受話器を取った渡瀬の顔が歪む。

「分かった。現場に急行する」

電話を切るが早いか、椅子に掛けてあったジャケットを摑む。

「有働さゆりが現れた。それも衆人環視の中でだ」

「いったい、どこで発見されたんですか」

「ＪＲ横浜駅のコンコースだ」

2

渡瀬と古手川が現場に到着した頃には戸部署の捜査員と恐ろしい数の野次馬でごった返していた。横浜駅の利用客がそのまま目撃者となった訳だから、野次馬の多さは致し方ないところだ。

腰の右側が重い。帯革のホルスターに拳銃が納まっているからだ。有働さゆりの発見で横浜駅に向かう寸前、栗栖から拳銃の携帯を命じられると渋々ながら従うしかなかった。

銃を持った警察官は渡瀬と古手川だけではない。ほぼ同時刻にＳＡＴも現場に到着している。

案内役は戸部署の日置という刑事だった。

「こちらです、警部」

「有働さゆりに間違いありませんか」

「手配書通りです。右手親指が欠損、十歳くらいの男児を連れています」

「目撃された時の状況を教えてください」

「状況も何も」

日置は困惑しきっていた。

「子連れの女が駅に設置してあるピアノを弾き始めたんです。結構な腕前で何人かが足を止めて聴き入っていたんですが、その女は左手だけで演奏していました。聴衆の一人が手配書にある有働さゆりであることに気づいて通報した次第です」

日置に先導されて向かったのはエキュートエディション横浜内の待合広場〈SOUTH COURT〉だった。十重二十重に取り巻く野次馬たちの間を掻き分け、ようやく開けた視界に古手川は釘付けとなる。

駅ピアノの前に立ちはだかっているのは紛れもなくさゆりだった。

ただし特徴的なピアノを弾くさゆりではなく、カエル男の異名を持つ方のさゆりだ。左腕で少年を片羽交い締めにし、左手にはぎらりと刃の光る大型ナイフを手にしている。

「あら、古手川さん」

こちらに気づいたさゆりは楽しそうに刃をちらつかせる。

「はるばるご苦労さま」

「さゆりさん、その子を離せ」

古手川が一歩進んだ瞬間、さゆりは刃を少年の首筋にあてがった。

野次馬たちがざわめき、一斉にシャッター音があちらこちらから発せられる。警官たちが制止するが、音は一向にやまない。

「来ないで」

古手川の足が止まる。

「それ以上、一歩でも近づいたらこの子の喉笛が鳴るよ」

「やめろ」

「それはあなたたちの対応次第」

「要求は何だ」

「わたしとこの子を国外へ逃がしてくれること。行き先は日本と引き渡し条約を結んでない国ならどこでもいい」

「そんな要求が通ると思っているのか」

「もうひとクラス分以上殺した」

さゆりはせせら笑う。

「あと一人加えることに、わたしが躊躇うと思うの？」

返事に窮していると、背後に回った渡瀬が頭の後ろで囁いた。

「今、SATが配置についた」

眼だけを動かすと、階上やエスカレーター付近に銃口の先端らしきものが認められる。

やめろ、撃つな。

「人質交換はどうだ。俺がその子の代わりに人質になる」

「あなたじゃ真人(まさと)の代わりにならない」

はっとした。さゆりはあの少年に自分の息子の姿を重ねているのか。

「わたしはこの子と外国で幸せに暮らすの。それができないなら、この場でこの子を殺した方がいい」

「やめろ」

「近づくなと言ったでしょ」

古手川はちらりと後ろを見る。渡瀬はもう何も指示しようとしない。どうやら古手川を交渉役と黙認してくれたようだ。

ならば自分は可能な限り話を引き延ばし、さゆりの隙を作らねばならない。何としても彼女から少年を引き離し、射殺が不必要な状況に戻すのだ。

「落ち着いて話を聞いてくれ」

「これ以上ないくらい落ち着いてる」

「確かにさゆりさんは大勢の人を殺した。だけど、それは本来とは別の人格が起こした事件だ。検察や裁判官も精神疾患のある被疑者を裁けない。何よりあなたの弁護人はあの御子柴だ。必ず死刑判決を回避してくれる」

衆人環視の中、御子柴の能力を称えるには勇気が要ったが、今はそんなことを逡巡している場合ではない。

「あなたはもう一度医療刑務所に入院して治療を続けられるんだ」

「あんなところに入院なんて死んでも嫌」

さゆりは嘲笑を絶やさない。

「あなたを死なせたくない」

「ふうん。つまり、わたしを殺す用意がもう整ってるんだ」

しまった。つい口が滑った。

「わたしを死なせたくないなんて嘘に決まってる」

「嘘じゃない」

「わたしに殺されかけたのを忘れちゃったの、古手川さん」

「忘れちゃいない。でも死なせたくない」

「どうして。職業倫理ってやつかしら」

「あなたからは大切なものをもらった。その恩がある」

忘れていた家族の温もり。そして音楽。この二つをくれたから人の痛みを忘れない、真っ当な刑事でいられる。

「大切なもの。何だったのか憶えてないわ」

「あなたは知らなくてもいい。俺個人の問題だ」

「そっちの問題で振り回されたんじゃ堪らない」

さゆりが左手に力を入れたらしく、少年が「痛い」と叫んだ。更に右手に握られたナイフの切っ先が少年の喉元に触れる。

「やめろっ」

咄嗟に古手川はホルダーから拳銃を引き抜き、銃口をさゆりに向けた。さゆりと少年とでは身長差があり、彼を片羽交い締めにしていてもさゆりの胸から上はがら空きになっている。

腹から下を撃ってさゆりを無力化することはできない。そして胸から上は、どこを撃っても致命傷になり得る。

「恩があるわたしに銃を向けるの」

「撃ちたくない。撃たせないでくれ」

古手川の脳裏に鹿爪らしい条文が浮かぶ。

警察官等拳銃使用及び取扱い規範第七条三。

『事態が急迫であって威嚇射撃をするいとまのないとき、威嚇射撃をしても相手が行為を中止しないと認めるとき又は周囲の状況に照らし人に危害を及ぼし、若しくは損害を与えるおそれがあると認めるときは、次条の規定による射撃に先立って威嚇射撃をすることを要しない』

今置かれた局面はまさに条文に上げられた状況そのものだ。銃把に添えられた指がセーフティを解除する。

「甘っちょろいこと言ってんじゃないわよ。こちらの要求を呑むの、呑まないの」

「頼む。頼むから投降してくれ」

ふっとさゆりの表情が緩んだ。

「前と少しも変わってないねえ。あなたは血を見ないと置かれている状況が理解できない」

さゆりは微笑みながらナイフを振り上げる。

紛うことなく、あれはカエル男の顔だ。

さゆりさん。

脳からの命令を待たずして指が動いた。

銃声が轟く。

野次馬たちの間から悲鳴が上がる。だが当のさゆりはひと言も発せず、鎖骨の下辺りに赤い花を咲かせて後方に仰け反る。

誰が撃った。

撃ったのは俺か。

畜生、どうして。

理性が感情に駆逐されたまま、古手川はさゆりの許に駆け寄る。

「さゆりさん！」

さゆりの目がうっすらと開く。もう光は消えかけている。

「ちゃんと、理解、できたじゃ、ないの。偉い」

「もう喋るな」

隣で日置が声を上げる。

「少年の身柄を確保。少年は無事です」

日置は床に転がった大型ナイフを摑み上げて唸った。

「何てこった。ビニール製のオモチャじゃないか」

最初から少年を傷つけるつもりなどなかったのか。

「さゆりさん、もうじき救急車が来る」

すうと彼女の右手が伸びて古手川の頰を撫でた。

「あなたに、撃たれて、よかった」

「さゆりさん」

「ごめん、ね」

それが最期の言葉だった。

さゆりは微笑を浮かべたまま息絶えた。五十人以上の人命を奪った、日本の犯罪史上最悪と言われた女には相応しくない死顔だった。

エピローグ

県警本部地下、霊安室。

目の前のキャビネットには検視を終えたばかりのさゆりの遺体が納められていた。

「有働さゆりの最終目的はこれだった」

項垂（うなだ）れる古手川の後ろで、渡瀬は呟くように続ける。

「人格統合の話を憶えているか。有働さゆりの精神はやっぱり統合しかけていた。ただし残虐なカエル男にではなく、元のピアノ講師有働さゆりの人格にだ。だが統合の過程で主人格の有働さゆりはカエル男を演じていた時の自分の行動を思い出し、激しく後悔した。それは最後にお前に掛けた言葉で証明されている」

ごめんね、か。

「主人格の彼女は罪を償おうと考えた。その結論が、自分を殺人鬼に仕立て上げた御前崎教授と自身の抹殺だ。フランケンシュタインの怪物による創造主殺しと言えば分かりやすいか。共犯にあの三人を選んだのは、子どもを殺された母親への同情と贖罪（しょくざい）の気持ちがあったからなのかもしれん」

「あの少年、新村（にいむら）拓真を連れ回したのも、いざという時に俺に引き金を引かせる囮（おとり）だった訳ですか」

「そうだ。自殺では到底許されない。警察官に撃たれて死ぬのが自分に相応しい。だが、せめてお前に撃たれて死にたい。きっとそう考えたに違いない」

さゆりの満足そうな死顔を思い出す。おそらく渡瀬の推測は正しいのだろう。それならさゆりの行動の矛盾点も全て説明できる。

「班長はいつから真相に気づいていたんですか」

「言った通りだ。御前崎教授が殺された時、彼女の目的が推察できた」

「だったら」

自ずと声が大きくなった。

「どうして俺に教えてくれなかったんですか。知っていたら俺は、俺は」

「知っていたら引き金を引かなかったのか。違う。たとえ彼女の目論見を知っていたとしても、人質に刃を向けた有働さゆりをお前は撃たなかったはずがない」

「何で、そんなことが言い切れるんですか」

「お前が警察官だからだ」

「……チクショウ」

その時、細目に開けたドアから男が入ってきた。

御子柴だった。

「警部から連絡をもらった。彼女を撃ったのは君らしいな」

「そうだ。殴りたけりゃ殴れ。訴えたけりゃ訴えろ」

「そんな真似はしない。君は彼女がしてほしいことを実行したまでだ」

御子柴も分かっていた。

分かっていなかったのは己だけだったのか。

「悔みは終わったのか」

「終わった」

「彼女と二人きりにさせてくれないか」

普段とは違い、御子柴も打ちひしがれていた。

「分かった」

古手川は渡瀬とともに霊安室から出る。

「ちゃんと見張っとけ」

渡瀬はひと言残して廊下の向こうへ去っていく。

薄暗く、ひんやりとした廊下に一人佇む。

やがて古手川は声を押し殺して低く泣き始めた。

初出

『このミステリーがすごい！』中山七里「連続殺人鬼カエル男　完結編」vol.1　二〇二三年一二月
『このミステリーがすごい！』中山七里「連続殺人鬼カエル男　完結編」vol.2　二〇二四年三月
『このミステリーがすごい！』中山七里「連続殺人鬼カエル男　完結編」vol.3　二〇二四年六月
『このミステリーがすごい！』中山七里「連続殺人鬼カエル男　完結編」vol.4　二〇二四年九月

本作は四部作となり、以下の順にお読みいただくことをおすすめいたします。

『連続殺人鬼カエル男』（宝島社）→『連続殺人鬼カエル男ふたたび』（宝島社）→『嗤う淑女　二人』（実業之日本社）→本作

中山七里（なかやま しちり）
1961年、岐阜県生まれ。『さよならドビュッシー』にて第8回『このミステリーがすごい!』大賞・大賞を受賞し2010年デビュー。他の著書に『おやすみラフマニノフ』『さよならドビュッシー前奏曲　要介護探偵の事件簿』『いつまでもショパン』『どこかでベートーヴェン』『もういちどベートーヴェン』『合唱　岬洋介の帰還』『おわかれはモーツァルト』『いまこそガーシュウィン』『連続殺人鬼カエル男』『連続殺人鬼カエル男ふたたび』『総理にされた男』『護られなかった者たちへ』『境界線』（以上、宝島社）、『贖罪の奏鳴曲』（講談社）、『切り裂きジャックの告白』（KADOKAWA）、『嗤う淑女』（実業之日本社）、『ヒポクラテスの誓い』（祥伝社）、『作家刑事毒島』（幻冬舎）、『逃亡刑事』（PHP研究所）、『彷徨う者たち』（NHK出版）など多数。

『このミステリーがすごい!』大賞　https://konomys.jp

連続殺人鬼カエル男　完結編

2024年11月22日　第1刷発行

著　者:中山七里
発行人:関川 誠
発行所:株式会社宝島社
〒102-8388 東京都千代田区一番町25番地
電話:営業03(3234)4621／編集03(3239)0599
https://tkj.jp
組版:株式会社明昌堂
印刷・製本:中央精版印刷株式会社

Printed in Japan
ISBN 978-4-299-06118-8

イラスト／トヨクラタケル

定価 660円（税込）

吊るされた全裸女性、バラバラに解体された少年…戦慄のサイコ・サスペンス!

口にフックをかけられ、マンションの13階からぶら下げられた女性の全裸死体。傍らには稚拙な犯行声明文。それが、恐怖の殺人鬼「カエル男」の最初の犯行だった……。やがて第二、第三の殺人事件が発生する。カエル男の目的とは、正体とは!? 最後の一行まで目が離せない!